애기똥풀

김광철 시집

고인돌

우리시대 교사시선01 김광철 시집

초판1쇄 펴냄 | 2011년 12월 1일

초판2쇄 펴냄 | 2012년 2월 15일

지은이 | 김광철

편집 | 이주영

디자인 | 신성인쇄상사

펴낸이 | 정낙묵

펴낸 곳 | 도서출판 고인돌

주소 | 경기도 파주시 교하읍 문발리 617-12 1층 우편번호 413-832

전화 | (031)943-2152

전송 | (031)943-2153

손전화 | 010-2261-2654

전자우편 | goindol08@hanmail.net

인쇄 | 신성인쇄상사

출판등록 | 제 406-2008-000009호

값 10,000원

ISBN 978-89-94372-31-0 04810
         978-89-94372-32-7 04810(세트)

그렇지만 나는 이 길을 갈 수 밖에 없다

지금까지 살면서 '시' 하면 '어렵다' 는 선입견을 갖고 있다. 중고등학교를 거치면서 국어 시간에 배운 시들도 어려웠고, 교과서 밖에서 만나는 시 역시 이해하기 어려웠다. 이미 저 세상 사람이 되어 버린 사촌 형님이 현대문학상을 수상하고, 1981년에는 대한민국문학상도 수상한 시인이다. 1965년 동아일보 신춘문예 당선작 '강설기'를 막 고등학교를 졸업하면서 읽었다. 당시 그 시를 읽으면서 '왜 이렇게 시가 어렵냐?' 는 것이 솔직한 내 생각이었다. 그 시에 사용된 시어들을 보면서 '아니, 나는 듣도 보도 못한 이런 시어들을 어디서 동원해 올 수 있는가? 나 같은 사람은 어려워서 도저히 불가능한 일이야.' 하며 자조했던 까마득한 기억들을 갖고 있다.

그 뒤로 세상을 살아가면서 이러 저러한 경로로 시집을 사 보기도 하고, 신문이나 잡지에 실린 시를 읽으면서도 시에 대한 감정은 그 범주에서 여전히 벗어날 수 없었다. 더구나 군사 정권 시절, 독재가 횡횡하고 말과 글을 잘못 놀렸다가는 어제 어디로 잡혀갈지도 모르는 시절에, 그 잘못된 세상에 대하여 통렬하게 비판하거나 세상이 어떠해야 하는지에 대한 바른 방향을 제시해서 정신이 번쩍 나게 하는 시를 별로 보질 못한 것이다. 대부분 세상과 타협하여서 그런 건지, 군사정권 시절 정부나 힘 있는 집단을 비판했다가는 편하질 못해서 그런 건지, 그런 시들을 별로 만나보지 못해서 답답했다. 그러다보니 시에 대하여 그리 좋은 감정을 갖고 있지 않았던 것도 사실이다.

  그래서 시와는 한참 동안 담을 쌓고 살아왔다. 그러다 전교조 활동으로 구속이 되었던 도종환 시인이 전교조와 관련해 쓴 시를 읽으면서 '아니야. 시가 꼭 어렵지만도 않고, 시를 통해서 사회를 비판하고 바른 방향을 제시할 수 있겠구나' 하는 쪽으로 생각을 바꾸게 되었다. 그렇지만 내가 시를 쓴다는 것은 상상해 보지도 않았다. 그런데 전교조에서 전국초등위원장이라는 직책을 맡기도 하고, '환경과생명을지키는전국교사모임' 회장이나 '초록교육연대' 대표 같은 직책을 맡다 보니 자연스럽게 회원들이나 일반인들 대상으로 글을 써야 하는 기회가 많았다.
  자주 글을 쓰다 보니 길게 쓰는 것만이 능사가 아니라는 걸 깨닫게 되었다. 경우에 따라서는 짧은 글이지만 많은 메시지를 담고 있는 글을 쓰는 게 좋다는 걸 경험하기도 했다. 그렇게 쓴 글을 보고 몇몇 사람들이 듣기 좋으라고 한 말이었는지는 몰라도 '글이 참 좋다'고 호응해 주기도 하였다. 그래서 슬슬 짧은 글에 내 마음과 뜻을 담아 쓰는 걸 좋아하게 되었고, 그렇게 함축해서 쓴 글을 읽고 시라고 불러주는 사람들이 생겼다.

  특히 근년에 초록교육연대 대표를 맡으면서 계간 '초록교육'에 기고하는 기회가 늘어나고, 회원 가운데에서 내 글에 특별히 관심을 가져주고 격려를 해 주신 분들이 많았다. 남궁효, 노은희, 이창국, 우복실, 이주영, 성정림, 이기영, 유관호, 윤상혁 선생님들이 그러하다. 또 어떤 분들은 내가 쓰는 시의 글감이 되기도 하였다. 나는 솔직히 시가 무엇인지도 잘 모르면서 이런 격려와 도움 속에 용기를 얻어서 내 마음 가는대로 써 낸 것들을 모아 이렇게 시집이라는 이름으로 내 놓게 된 것이다.

부끄럽다. 잘 알지도 못하면서 이 분야에서 몇 십 년을 정진해온 분들도 많은데, 감히 그 영역을 치고 들어가는 것 같아서. 그런 시인들이 쓴 시에 견주면 정말 부끄러운 부분들이 많다. 내가 쓴 시라는 것들은 세련된 문체나 은유도 부족하다. 맞바로 내지른 말이 많고, 언어도 거칠고, 주제 표현도 격문에 가까운 것들이 대부분이다. 나는 미사여구로 감흥을 전달히기보다는 비록 거칠지라도 내 마음을 명료하게 전달하고 싶었기 때문이다. 이렇게 쓴 글이 독자들 마음을 조금이나마 움직일 수 있다면 그것만으로도 족하다.

이 글을 쓰는 이 순간도 '내가 쓴 글들이 과연 시라고 불러도 되나?' 라는 생각이 들기도 한다. 그러다가도 이오덕 선생님 말씀에서 위안을 얻는다.

"시란 '마음의 소리' '자연이나 인간의 삶에서 얻은 감동을 짧게 나타낸 글' 사람의 마음을 울려 놓거나, 놀라움을 주거나, 새로운 것을 발견하게 하거나, 높은 곳으로 우리들 마음을 끌어올려놓는 짧은 글' '참 그렇구나! 참! 하고 느끼는 것'" 이렇게 말하기도 합니다만 좀더 쉽게 말하면 "읽는 이들로서 볼 때, 시는 ①우리들 마음을 따뜻하게 해 주는 것 ②우리를 기쁘게 해주는 것 ③새로운 세계를 열어 보여주는 것 ④자유롭게 살아가는 마음을 보여 주는 것 ⑤우리들 마음을 깨끗하게 해주거나, 높은 곳으로 끌어올려 주는 것 ⑥참된 것을 찾아내는 것 ⑦희망을 주는 것-이 밖에도 더 말할 수 있지만 대강 이쯤으로 느껴 알면 되겠습니다.

또, 쓰는 사람 쪽에서 보면 ①새로움의 발견 ②아, 아름답구나, 참 그렇지, 하고 깨달을 것 ③참다 참다 그래도 참을 수 없는 말을 토해낸 것이라고 할 수 있습니다."—동시집 『비오는 날 일하는 소』와 이오덕 선생님 글에서—('찻잔 속에 달이 뜨네' 카페에 실린 글을 옮겼음)

나로서는 참다 참다 그래도 참을 수 없는 말들을 토해 낸 것이다. 그러니 굳이 내가 쓴 글이 시로서 가치가 있느냐 없느냐는 독자들 판단이다. 독자들이 시가 아니라고 해도 좋다. 나는 내가 참을 수 없어 토해 낸 글이기 때문에 감히 세상 빛을 쏘여 주고 싶었다. 내가 토해 내 세상에 태어난 글이 누군가 마음에 울림을 주고, 누군가 반갑게 맞이해 준다면, 그런 사람이 한 명이라도 있다면 나는 그것만으로도 기쁘다.

나는 제주도 서귀포 호근동의 촌구석에서 태어났다. 초등학교는 동네에서 마치고 중학교는 매일 5km 떨어져 있는 서귀포로 걸어 다녔다. 제주시로 유학을 가서 고등학교를 마치고, 서울교대를 나왔다. 그래서 20대 초반의 젊은 나이에 서울이라는 객지에서 30년을 넘게 초등학교 교사로 살아오고 있다. 그런데 그 여정이 평범한 교사들과는 달리 순탄치는 않았다.

60·70년대 개발 연대를 농촌에서 살면서 틈만 나면 농사일에 바쁜 부모님을 도와 일했던 기억들, 그 속에서 제주의 자연과 역사와 고단한 삶들과 함께 숨 쉬며 살아왔다. 그 경험은 지금도 내 마음의 고향이며, 내 삶의 방향을 규정하고 있는 가치로 녹아 있다. 특히 중학교 1학년 올라가면서 어머니를 여의고, 경제 형편도 안 되었지만 아버지를 졸라 고등학교는 제주시로 유학을 갔다. 신문을 돌리기도 하고, 친구에게 얹혀 자취를 하기도 하면서 어렵게 학교를 다녔다. 서울에 있는 교육대학으로 진학하였지만 당시 대부분 학생들이 그랬던 것처럼 여전히 생활이 너무 궁핍했

다. 같은 반 친구들과 남한산성 아래 철거민들이 모여 사는 마천동에서 자취하면서 힘들게 학교 다녔던 기억들이 주마등처럼 스쳐간다. 하루 세 끼 입에 풀칠할 걱정을 하면서 힘들게 학교를 다녔던 그 시절 궁핍함과 고단했던 삶들이 오늘의 나를 있게 했다고 생각한다.

교사로 발령을 받고 나서는 첫학교에서 정기훈·이주영 선생들과 같이 근무를 했고, 같은 집에서 하숙도 했다. 함께 보이스카우트 아이들을 지도하고, 등산도 다니고, 바닷가나 냇가로 놀러 다니고, 시국 토론도 하며 세상을 고민하기도 하였다. 이런 젊은 교사 시절의 생활이 교사로서 살아가는 내 삶의 방향을 규정하고 오늘날까지 지배하고 있다. 특히 젊은 교사 시절 만난, 80년 이후 한국 교육을 크게 뒤흔든 전교조 운동을 떼어놓고는 설명할 수가 없다. 그 전교조 활동과 함께 참교육 운동의 한 영역으로서 내 삶 속에 자리 잡아온 생태·환경 교육 운동 또한 떼어놓고 생각할 수 없다. 그러다 보니 내 삶 속에서 건져낸 시들이 다 이 범주를 크게 벗어나질 못하고 있는 것이다. 이런 활동 속에서 자연스럽게 내 세계관과 교육관이 형성되었던 것이다. 그 속에서 자연을 만나고, 세상을 만나고, 사람들을 만나면서 나의 시가 되고 노래가 되어 태어난 것이다.

2004년과 2005년, 2년 동안 환경과생명을키우는전국교사모임 회장을 맡았다. 그 때 지율스님이 100일 단식까지 하면서 천성산 터널 반대 운동, 문규현과 수경 스님이 앞장 선 삼보일배와 그 후 계속된 새만금 매립 반대 운동, 골프장 확산 반대 운동, 부산 명지대교 건설 반대같은 굵직굵직한 환경 운동이 전국에서 일어났다. 교사들과 함께 동조 단식도 하고, 집회 참가도 하고, 서명도 하고, 거리 선전도 하고, 공동 수업도 하며 다양한 방식으로 반대운동을 벌이기도 했지만 판판이 깨지기만 하였다. 천성산은 뚫리고, 새만금 방조제는 완공이 되고, 골프장은 마구 만들어지고, 부산 을숙도를 관통하는 명지대교는 건설이 되고······.

어느 거 하나 저지된 것이 없다. 물론 그 와중에도 청주 원흥이방죽 지키기라든가 수돗물에 불소 투입하려는 법령 제정 따위를 막아내는 조그만 성과들이 없진 않았지만 대부분 환경사안들이 실패로 돌아가는 것을 보면서 많이 실망도 했다. 하지만 어쩌겠는가? 이게 우리 국민들의 생태·환경에 대한 인식 수준인 걸. 그렇다고 그 길을 포기할 수도 없었다.

나는 지금도 초록교육연대라는 시민·교사·교수·환경단체 전문가들과 연대를 하여 생태·환경 교육의 지평을 넓히기 위한 다양한 노력을 계속하고 있다. 하지만 별 성과를 내지 못하고 있는 것도 사실이다. 그러나 나는 이 길을 포기할 수가 없다. '나마저도 포기하면 누가 이런 일에 발 벗고 나서겠는가?'라는 건방진 생각이 나를 지배하고 있는지도 모른다. 그렇다 하더라도 나는 계속할 수밖에 없다.

지금도 나는 '들꽃 피는 교실'이라는 이름으로 아이들과 생명과 환경을 만나는 일을 계속하고 있다. 학교 주변에서 만날 수 있는 들꽃과 이야기를 나누고, 누에를 키우고, 올챙이도 키우고, 우리 민물고기도 키운다. 논이 없어 벼를 기를 수 없는 학교에서도 상자에 벼를 심어 가꾸고, 창틀에는 온갖 들꽃(잡초)을 가꾸고, 화분에 고추와 오이가 익어가는 교실이 바로 우리 교실이다. 이 일은 내가 교직을 그만 두는 그날까지 계속할 것이다. 다행이 이번에 개교하면서 혁신학교로 지정된 서울신은초등학교가 이런 교육을 지향하고 있어 교직의 마지막 열정을 쏟을 수 있게 될 것 같아 다행이다. 이 학교에서 '지속가능한 미래 교육'을 위한 가치들이 여러 선생님들과 함께 힘있게 펼쳐지길 기대해 본다.

이명박 정부가 들어서고 나서 겉으로는 '저탄소 녹색성장'을 외치면서 오히려 4대강을 파헤치고, 외국에 원자력발전소를 수출하는 것을 보면 참으로 화가 나지 않을 수 없다. 말로는 저탄소를 이야기하면서 어마어마한 국가예산을 동원하여 고교 동문들 챙겨주고, 건설마피아들 먹여 살리는 4대강 파괴 행위를 하면서 오히려 그걸 강살리기 운동이라고 떠들고 있다. 바로 이웃 나라 일본에서 후쿠시마 원자력발전소가 폭발하여 방사능 공포에 시달리고, 세계가 이번 사건을 계기로 원자력 발전을 중단하거나 아예 폐기하는 노력들을 하는 마당에 이명박대통령은 유엔에서 원자력 발전을 계속하겠다고 연설한다. 참으로 분통 터지는 일이 아닐 수 없다.

생태와 환경 문제에 있어서는 과거 김대중 정부나 노무현 정부도 새만금 방조제를 쌓고, 천성산 터널을 뚫고, 골프장을 마구 건설하고, 갯벌을 매립하는 따위로 환경 파괴를 해온 점은 이명박 정부나 별반 다를 바가 없다. 그럴 수 있었던 토양에는 대다수 국민의 요구와 동의가 있었던 것이다. 참으로 우리 사회가 진보하기 위해서는 아직 더 많은 고통과 아픔이 있어야 한다. 이 때문에 내가 부른 노래는 예쁘고 아름다운 언어보단 거칠고 투박하고 격한 음조로 더 울 수밖에 없겠다고 생각하니 가슴이 참 답답해 온다.

그렇지만 나는 이 길을 갈 수밖에 없다.

2011년 11월 3일 김광철

차례

2부 우포에서

차례

제3부 내가 그리는 혁신 학교

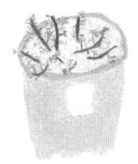

찬조글

제1부 수선화를 향한 사랑

고성 양반 춤과 함께

끊어질 듯

이어지는 곡선의 아름다움

까치발 끝까지 들어올려 떠는 모습

양반의 지체를 지키기 위한 흐느낌인가

보는 이도 떨리는 숨

흐느끼는 듯한 어깨의 전율이

입신양명 중압감의 표현이런가

보는 이의 어깨까지 흔들더니

그의 숨결 다시 잠시 멈춘다

이내 껑충 뛰어오르며

조상님들, 일가친척, 내 이웃들 다 보시오

'팍' 소리와 함께 펼쳐지는 부채에

보는 이도 큰 숨과 함께 엉덩이는 들썩

제비나비 한 마리의 몸부림이

모든 기대와 좌절 한 몸에 안고

한겨울 추위조차도

너훌너훌 털어내더라

잠시 날개짓을 접고 앉아서

가쁜 숨 고르는가 했더니

이내 허공으로 슬쩍 비상하더니

속날개까지 살짝 내보이며

비스듬히 날아오른다.

보는 이도 함께 몸을 날려

모든 번뇌 함께 허공으로 흩날리더라

그림의 꽃

그 꽃을 그린 화가는 참 재주가 범상도 하여

생화 이상으로 예쁘게도 그렸다

봐도봐도 눈길이 끌린다

거기다가 채색 기술까지 뛰어나니

그 화사함은

관객의 혼을 사로잡기에 부족함이 없다

그렇게 재능이 뛰어난 화가라면

향기도 그려 놓을 법도 한데

그건 안 되는 것인가

꽃이 하도 예뻐

향기 또한 형용할 수 없으리라 잔뜩 기대하건만

뚫어져라 응시하고 또 해도

그림은 역시 그림이구나

연목구어니라

그림 속의 꽃은 날 보고 웃고 있더구나

꽃다지

다산 선생 생가 근처 텃밭엔

노란 별빛 소담소담 내려 앉아 있었다

솜털 뽀송한 선머슴애가

좁쌀 같은 별꽃을 이고

굶주려 일어설 힘도 없어

밟히고 쓰러지는 민초들 보며

눈물짓던 여유당 주변엔

이백 년 세월을 딛고

뼛속 깊이 사무친 그들의 절망과 한이

좁쌀 같은 절규로 메아리치고 있었다

밟으면 밟혀야죠.

그러다 이 봄이 가면

내 자식들이

나 대신 또 일어날 것이오

비루한 그들의 애환에 가슴 시려 할

진정한 목민관들은 어디에 있오

조이고 주리고

밟히고 또 엮이는 모진 목숨

부모 생각, 조상 생각, 처자식 생각

차마 떨칠 수가 없어

구차한 목숨 겨우겨우 연명하려 하건만

탐관오리들의 가렴주구와

삼 년 흉년을 못 버티고

훠이, 훠이, 훠이…

눈물지을 힘조차 없어

세상과 하직했던 민초들의 무언의 함성

오늘, 이 봄에 좁쌀꽃으로 환생하여

내 원혼 어루만져 달라는데

그를 알아보는 이 없는 야속한 세상을

원망한들 무엇하겠는가

해마다 피우고 또 피워

서술되지 않은 사초로라도 남기면

언젠가는 빛 볼 날 있지 않겠오

열수 선생 쫓는 이들 그래도

이 땅에 상당히 남아 있으니

그렇게라도 위안을 삼으시오

내 또한 오늘로서 그대들을

우리 아이들한테서

화려한 생명으로 부활시킬 것이오

눈 덮인 세상

거무죽죽 상수리나무들도

불그스레 소나무들도

가지마다 한 움큼씩 눈뭉치를 머금고 있다

기와지붕도

슬라브지붕도

초가지붕도 차별없이

초록 솔잎도

갈색 억새풀잎도

빨알간 청미래 열매도 차별없이

눈은 모두의 머리에 내려앉아

하얗고 하얀

은빛 세계로 살며시 인도한다

그 세상에선

잘났다 못났다 따질 필요가 없다

오직 하얀 평등만이 존재할 뿐

돈

돈을 위해 목숨을 거는 사람도 있지

돈을 인생의 목적으로 사는 사람들도 참 많지

돈은 살기 위하여 벌 수 밖에 없지

돈을 돌 부듯이, 추연한 사람두 있긴 하지

돈을, 나는 어떻게 바라보고 있을까

동백

떠나간 그대 그리며

남쪽 하늘 끝 맞닿아 있는

바다를 하염없이 응시하며

눈물 짓는 날들

온 세상이 하얗게 물들던 날에도

온 천지가 갈색의 칙칙함으로 뒤덮던 날에도

일편단심 붉은 언약

뉘라서 흐트릴손가

청록의 덤불 숲에

그대를 향한 그리움 쟁겨 두고

이리 기웃, 저리 기웃 딴청을 부려도 보고

태연자약 애써 외면도 해 보지만

온몸에 흐느끼는 단심가 자락

사방에 질펀하구나

그리움과 사무침으로 멍이 들어버린

선홍의 짙은 마음 바람에 실어

그대를 향해 나르는 정성에

한겨울 북풍한설도 잠이 들어 버렸구나

이미자의 동백아가씨를 생각하며

얼마나 사무치고

얼마나 그리우면

필설로는 다 못할 긴한 사연이길래

눈물로 달래며

기나긴 겨울밤을 지새우나

가슴 도려내는

애절함을 떠나간 님은 알기나 하는지

얼마나 말 못할 사연을 지었길래

그립고 사무치는 정

한으로 쌓았길래

꽃잎은 빨갛게 멍이 들었을까

먹고 산다는 것

먹기 위하여 사는 사람들은 참 많은 것 같다

먹는 것만 보면 어쩌지 못하는 사람들

세상에는

식도락을 즐기는 사람에서부터

맛집을 찾아다니며

맛있는 음식을 즐기는 미식가들도 많다

먹기 위하여 산다고 하면

왠지 천박해 보여

살기 위하여 먹는다고 한다

살기 위하여 먹는다는 것은

참 고상한 말이다

참말로 살기 위하여 먹는다고 자신할 사람 얼마일까?

일에 미치다보면 한두 끼 밥 먹는 것도 잊을 수는 있다

하지만 그것도 잠시지 이틀 사흘도 굶으며 일한다?

인간이 먹고, 자고, 편한 것을 초연할 수만 있다면

그는 이미 인간의 경지를 넘어선 거지

목란꽃 피던 날

병도 이런 병이 있을까

평상심을 잘 유지하고 있다가

목란꽃 피던 날에는

언제 그랬냐는 듯

얇디얇은 유리잔처럼 깨져버리는 이 마음

오늘은 그러지 말자고 다짐하고 거듭 다짐했건만

그건 모두 공염불

세 치도 안 되는 내 마음의 깊이를

나는 알지를 못한다

이런 파열음 터지는 소릴 들을 때마다

더욱 주체하지 못하는 병

다시 도지는구나

겨우 추스르고 달래어 평정심을 되찾건만

이루지 못한 사랑의 징표에 대한 목마름으로

이내 몸과 마음은

한겨울 흩날리는 함박눈발이 되어

사방팔방에서 불어오는 바람에

갈피를 잡질 못하고 허공으로 허공으로 마구 흩날리는구나

그래 날려라

세차게 날려라

날리다 날리다 어느 골짜기엔가 버려져 있는 빈 잔에

내려앉고 또 앉으며 몇날 며칠 밤만 채우면

가냘픈 그 잔은 기어이 깨어지지 않겠어?

그렇게라도 깨 부서져라

그러지 않고서야 언제까지

이 마음의 병을

이 마음의 짐을

지고 갈 수 있단 말인가

무의도 연정

보일락 말락

밀려왔다 개이고 또 끼이는 안개비 속

사백 명 아이들과 동죽 캐던 시절이 삼삼하건만

동죽은 없고

그 아이들도 다 커 어른이 되어 버렸네

잔솔, 굴참, 소사나무도 많이 자라

초록 섬 정취를 더욱 자아내는데

발그스레 모래 언덕 뒤덮던 해당화는 어딜 갔나

석양의 갯바위 그림자는

썰물에 출렁이는 갯벌 위로 길게 드리우니

모래밭에 어지러웠던 아이들 발자국 다 뒤덮는구나

갯지렁이 쫓는 농어의 휘파람 소리는

실미도 바다 속에 아련하니

피뿔고동도 모래 속으로 살짝 몸을 숨긴다

호롱곡 골짜기에 잔바람 일어나

비목나무, 초피 향기 은은히 날리는 이곳을

뉘라서 섬이라 부르는가

산발치 다락논의 매화마름도

노란 봄볕에 더욱 창백히 피어오르던 날

낙조와 연무에 뒤섞인 물기 머금은 백사장 위에

지는 해를 향해 걷는

잔걸음 발자국 네 개만 선명히 박히는 꿈을 꿔 본다

바랭이

여름날 조밭을 온통 뒤덮던 넌 철천지 원수였다

뽑고 또 뽑아도 끝이 없는 너와의 씨름

바다로 골짜기로

다른 애들처럼 물놀이 가고 싶은 소년의 꿈도

여지없이 짓밟은 너였지

해도 해도 끝이 없던 농사일에

시골 소년의 여름날은

차코 없는 사슬로 묶인 교도소

대학 나오고 어른이 되어

부모님 품 벗어나 자유로워지니 어릴 때 못 찾은 낭만을 위해

바다, 계곡, 명산 유람 다 즐겨 보았건만

지천명에 접어들어

어릴 적 추억을 더듬으며

이미 이 세상에 안 계신 부모님 생각하며

주말농장 가꾸건만

그곳에서도 너의 위세는 여전하더군

너 한 포기를 당기고 다시 한 포기를 당기면서

유년 시절 그 내리쬐던 여름날

자식 녀석 조밭 고랑에 묶어 두고

원망의 신음소리 높은 산을 쌓았건만

못 들은 척

가족 생계 위하여 농사 밖에 모르셨던 부모님의 한이

오늘 따라 큰 덩이가 되어

그렁그렁 흙덩이와 함께 따라오더구나.

(2010. 9.1)

벚꽃 사랑

찬바람 윙윙거리는 차가운 길거리

히틀러군대의 열병식을 연상하듯

사방에서 불어오는 매서운 바람과

세차게 내리치는 싸락눈도

눈 폭풍 몰아치는 차고 무서운 밤의 기운까지도

쟁이고 쟁여

가지마다 사랑으로 주렁주렁 매달고

온 천지 칠흑같은 밤도 태울 기세로 타오르는구나

이 정열

아니 이 순수성에 감탄하는

청춘 남녀에서 팔순을 넘긴 노부부까지

유난히 그의 삼일천하에 넋을 놓는구나

단 일주일을 살기위해

칠 년 기다림의 세월을 보내고

열띤 사랑의 정열 쏟고 장렬한 최후를 맞는

애매미를 닮아

이 봄

저 타오르는 미백의 불꽃을 누가 있어 말리겠는가

아!

그이와의 사랑을 저렇게 피웠던 날도 있었는데

왜 올해에 그 벚나무에는 그런 꽃은 피지 않는가

혹독한 시련의 세월

인고의 세월의 부족함인가

나팔꽃 줄기에 휘감겨져

나팔꽃 사랑을 사모하는 건가

나팔꽃 사랑의 감미로움을 모르는 바는 아니오만

그래도 가끔씩은 타오르는 벚꽃 같은 사랑을

정녕 나눌 순 없단 말인가

사랑하오, 사랑하오

불꽃 같은 사랑을 하고 싶단 말이오

복수초

눈색이, 얼음새꽃

너는 정녕 내 님의 화신이렸다

지난 몇 년 인고의 세월을 이기고

이제 막 얼음장 녹이고 봉곳이 솟아오른 그대

네 꽃밥 하나하나에 맺힌 기막힌 사연들

사설이 되어 되뇌이게 하는구려

산개구리 울고

누에가 꼬치 치고

귀뚜라미 달빛 곱게 머금은 밤에

콩밭 고랑에선 까맣게 익어가는 까마중 향기 머금고

누런 장맛으로 숙성되어

가난하고 서러운 사람들 모여 사는 동네

힘들고 지친 사연들 들어주러

은은한 초록별 받고 더욱 화사하고 싶어

반달 바닷가 동네 골짜기에 오셨구려

아직 별빛 한기 버리지 못한 눈발치에서

눈싸라기, 가랑잎 소리 살살 헤치며 살며서 비집고

솟아올라 황금빛 밝히니

매화향 더욱 청량하고

초록별빛 더욱 사랑스레 감싸누나

그 기를 받아

힘들고 지친 아비, 어미를 대신하여

어린 영혼 감싸 따스한 온기 불어넣어주려

그 여린 꽃망울 터드리는가

차디찬 얼음장 녹이고 다가온

그대 꽃중의 꽃으로

만복과 만생명을 잉태하고

환생하였는가

그대 피곤함일랑

그대 몸 괴로움일랑

황금 꽃잎, 초록별꽃으로 감싸 안고

삭여버리시고

수복의 탐스런 열매로 화답하소서

사천행 천 리 길

그리운 님두고 천 리 길 떠나는구나

옛날 같으면 한 달 이상을 걸어서 갈 길이지만

세상 좋아져서 낮에 출발하여도 해질녘까지는 갈 수 있지

먼 길 떠나며 소맷자락 부여잡고 눈물 적시던 시절의 낭만은

이제는 먼 꿈의 향수

통신의 발달은 수시로 안부 묻고 소통할 수 있으니

천 리 길이 십 리 길이라

십 리 길도 마음에 있는 거

뜨거운 마음은 십 리 길 너머 마음도 읽을 수 있는데

무엇이 아쉽고 안타깝겠는가?

다만 얼굴 마주하고 그리운 정 나눌 수 없음이

한스러울 뿐이지

감내해야지.

그 감내가 그리움이 되고

그리움은 더 깊은 사랑으로 승화된다네

그 승화된 마음으로 다음 만남을 기약하며

오히려 더 큰 애절함으로 발전하여

사랑의 더 큰 힘의 원천이 될 것임을 의심치 않는다

천 리 밖 산천의 모습이며 봄이 오는 소리

전하며 애틋하고 곱디고운 마음 나눌 수 있을 거라 생각하며

오히려 기다려지는 사천행이여

(2010. 3,12)

서양민들레

물기도 흙기도 없어 보이는 보도블록 틈

인생의 막장이라는 절규를 날리며

꿈에서나 그려보는 고향산천을 그린다

남들이야 비루하다, 비천하다 놀려대건만

그게 무슨 대수이겠는가

내 생을 지탱하고

다시 내 혼을 뿌려

아메리카 인디언들을 정복하여

새로운 땅 개척하던 앵글로섹슨 전사의 혼이 되어

한반도 땅 방방곡곡을 지배하면 됐지

징기스칸은 창검으로 서역을 넘어 유라시아를 지배했지만

우린 부드러운 털 꽃씨로

동아시아를 넘어 세계를 지배할 것이오

사모님 농사꾼

검정 일바지에 밀짚모자 눌러쓰고

옅게 바른 로션향 고운데

검은테 안경알 가장자리에

사알짝 내려앉은 황톳가루

목장갑 낀 섬섬옥수엔

날카로운 호미 쥐어졌네

멀칭하고, 구멍 뚫고 꽂아 넣는 고구마순

주변 흙을 긁어모아 덮는 손

그 손, 손들이

고구마를 열리게 하고

매니큐어가 되고, 립스틱이 되며

목걸이가 되고, 명품 가방이 되더라

사모님, 당신이 최고여!

다들 당신이 만들어 놓은 장신구 둘러메고

내가 최고라고 활보하건만

성묘

오늘은 맘 먹고 온 조상님들 뵙는 날

5대조 할아버지, 할머니, 고조, 증조, 조부모, 부모님……

거기에 방계의 많은 선조님들까지

초등 2학년짜리 꼬맹이가

할아버님, 아버님 쫓아

벌초하고 성묘하던 날이 눈앞에 삼삼하다

학수바위 무등 타고 억새밭 한 가운데 딱 버티고 자리잡아

한라산을 한 품에 품던 우리 5대 조부님

그 산소 담 위의 모람낭은 예나제나 여전하더구나

그때 앞장서셨던 할아버님 형제분들,

중부님, 당숙님, 재당숙님, 종형, 재종형, 재재종형……

그 분들, 한 분 두 분 먼저 가시고, 또 가시니

이제 내 위로는 몇 분 안 계신다

나는 앞으로 얼마나 이 길을 밟을런지……

---

*모람낭 : 모람이라는 열매를 맺는 나무. 주로 남부 지방에 자생하는 상록
　성 덩굴로 된 나무

몇 해 전에 보았을 때는 코흘리개였던 조카녀석들이

이제는 그 빈 자리를 메우고 있다

아, 무정한 세월이여!

그 어른들 다들 저기 저렇게 누워

모처럼 찾은 자손들 반기면서

이심전심으로 많은 옛 말씀 들려주신다

갈중의적삼에 밀짚 모자 눌러쓰고

장갑이 뭐여?

굳은살이 배겨 나무도막 같던 손길에

칡덩쿨 같은 핏줄이 얼키설키

할아버님의 멍구쟁이 진 손 모습이

오늘따라 내 마음을 짠하게 한다

얼루래비낭 가시며, 맹기낭 가시며, 소앵이 따원

가시도 아니라는 듯

맨 손으로 웅켜잡고 부욱 당기면

한 줌 가득 베어져 나왔던 그 손

그 때도 가시 억센 소앵이 가시는 내 여린 손을

사정없이 찔렀건만

오늘도 장갑 낀 틈새로 내 살을 여지없이 찌르며

"이게 일한 손이여?"

되묻는다

그 때도 겨울딸긴 하얀 꽃으로 할아버지와 손자를 반겼지만

할아버님은 오늘 저기 저렇게 누워 계시고

외로운 손자는 지긋이 나이를 먹고

혼자서 겨울딸기 하얀꽃을 밟으며

반백의 수염

위엄스러웠던 할아버님의 검게 그을린 모습을 떠올린다

반직이밥에 된장찌개미에

＊소앵이 : '엉겅퀴'의 제주방언
＊멍구쟁이 : 소나무 가지를 베어낸 곳에 송진이 묻어나고 군살이 붙어 있
  는 것과 같은 모습. 제주 방언
＊얼루래비낭 : 찔레나무(제주방언)
＊맹기낭 : 명감나무, 청미레덩굴(제주 방언)

고추 몇 개, 콩잎 한 웅큼으로 점심을 때우던

차롱착 도시락이 아른거린다

---

*2011년 8월 28일 제주 서귀포 호근동 상학전 선영에서 벌초를 하며

*반직이밥 : 과거 쌀이 귀하던 시절 제주도에서는 쌀과 보리를 섞어서 지
은 밥을 일컬어 말하는 것임

*차롱착 : 대나무를 쪼개어 엮어 만든 작은 대나무 도시락통(제주 방언)

틀남밭

새삼꼭지를 지나 엉또로 향하는 마루

돌빌레 비탈에 올라서면

저 멀리 산방산은 아련하고

썩은섬, 강정구럼비 바위며

번선 발에 부딪혀 일어나는 하얀 파돗살을 보긴민

초등학교 4학년 소년은 산비탈밭이 아니라

저 바다에서 맘껏 물놀이를 하고 싶었던 거다

그렇게 시원한 아침 기운을 받지만

고된 하루가 시작되는 것이다

쇠똥 널부러진 소로길을 넘으며

띠잎에 대롱대롱한 이슬방울에

---

* 틀남밭 : 제주도 서귀포시 강정동 소재(고근산 서북쪽에 있는 지명), 옛날에는 동네를 이루어 10여호가 살았지만 4.30이후 사람들이 다 소개되어 필자가 어릴 당시에도 사람들은 살지 않고, 집터들만 덩그머니 있는 곳으로 그곳 억새밭 1만평 정도를 개간해서 고구마, 조, 콩, 팥, 감자, 메밀 등의 농사를 짓던 곳
* 틀남 : '산딸나무'를 제주도에서 부르는 이름. '남'은 '나무'를 지칭한다.
* 새삼꼭지 ; 서귀포시 서호동에 있는 지명. 고근산 앞에 있는 마루

검정고무신 위 해진 바짓가랭이가 질펀하게 젖어오는 길을

막 솟아오르는 아침 해를 등에 지고 투덜투덜 오늘도 오른다

오르다 오르다 숨이 차면 고갯마루에 다리 뻗고 늘어져 앉으니

두어번 기운 무명 바지옷 엉덩이도 촉촉이 젖어 올라온다

바람도 막혀 숨차 오르는 조밭 고랑에서 어린 소년은

빛바랜 밀짚모자 눌러쓰고

조막 만한 손으로 땅바닥을 긁고 또 긁으며

엄매 따라, 아부지 따라, 누이 따라

무릎으로 기기도 하고

엉덩이를 땅바닥에 끌기도 하며

저려오는 허벅지의 아픔을 참으며 김을 매고 있다

멀구슬나무 가지에 덕지덕지 앉아

우렁찬, 여름을 노래하는 말매미 소리에

한숨도 땀방울도 그렇게 그렁그렁

그러다 동녘 밭에 말뚝박아 먹이는 암쇠를

내창으로 이끌고 가 물 먹이며

내창가 덤불에 방울방울 달린 한탈 한 웅큼 따 들고

배시시 웃으며

다시 쇠 고비를 끌고 옆밭으로 가 말뚝을 고쳐서 박아 주고

내일 모믈밭 갈 밭갈쇠를 먹인다

길옆, 방화났던 곳

어랑진 풀 야들야들하게 자라는 풀밭에서

열심히 풀을 뜯긴다

이번에는 촐도 몇 단 베어 묶는다

그래야 집에 가서 그걸 썰어 보릿가루라도 몇 줌 섞어 먹여

＊멀구슬나무 : 제주도 등 남부 지방에 자생하는 낙엽 교목. 가을에 열매가
　노랗게 익는다.
＊내창 : 제주도에서 건천을 내창이라고 불렀음
＊한탈 : 복분자딸기
＊모믈 : 메밀의 제주도 말
＊촐 : '꼴'을 제주도에서 부르는 말

밭갈쇠 배가 **빵빵**해야 힘을 내고 쟁기를 잘 끌 수 있는 거다

등에는 마른 솔가지 한 단을 짊어지고

아부지가 이끄는 촐 몇 단 질매 위에 실은 밭갈쇠 뒤를

터덜터덜 걸으며

집으로 향하는 소년의 등 뒤로

낫날 같은 달이 살짝 솟아 올라

네 그림자를 길게 늘어뜨리고 있더라

---

* 질매 : '갈마'(소의 등에 짐을 싣기 위하여 만들어 소등에 얹어 다니던 기
  구)
* 밭갈쇠 : 밭을 가는 소
* 어랑진 : '보드라운' 의 제주 방언

수선화를 향한 사랑

맥풀림

힘없음

짜증

…………

사랑도

존중도

억지로 되는 건 없지

모든 것은 마음이다

너의 영혼을 부여잡기 위하여

거추장스런 몸부림은 싫다

지나친 제스추어로 허풍을 떠는 것도 싫다

다만 최소한의 성의로

나의 진심과 진실이 공명이 된다면

그 자체로 희열이고 행복이거늘

나의 정성과 성의가 부족한가

짐이 되고, 혹이 되는가

천 원짜리 지폐 밀어 넣어

자판기에서 뽑아내어

훌훌 털어 마시다 남은

식어버린 한 모금만 남아 있는

캔커피의 자화상이런가

·················

사랑하고 싶다

이 나이에

그의 지성과 열정을 말이다

한낮에 이글거리는

강렬한 태양처럼은 아닐지라도

오후 네 시에 내리쪼이는 태양처럼

가을 밤하늘에 비치는 초롱한 별빛처럼

마음을 열고 싶다

그의 여린 가슴을

시리도록 하이얀 눈 비집고 돋아난

청초롬한 얼굴에 노란 립스틱 짙게 바른 수선화를

꼭 끌어안고 짙은 입맞춤으로

노랑물 함께 들고 싶다

너를 향한

살 떨리는 그리움이 있기에

옷매무새 가다듬는 정성이 있고

나의 노래에 메아리가 되어 돌아오고

나의 손바닥에 너의 손바닥 쳐야 소리가 나거늘

내 손 내밀게 너의 손바닥 다오

내 입술 내밀게 네 입술 다오

사랑하오

사랑하오

살 떨리는 사랑을 한다오

아, 지리산!

2010년 4월 29일 지리산 천왕봉에 올랐다

계절은 가는 봄날을 시샘하는지 고이 보내질 않고

눈보라가 온 산을 세차게 할퀴고 간 뒤

새하얀 정적만이 짓누르고 있었다

단식과 요양으로 여위고 지친 몸 이끌고

내 정신력과 체력을 시험해 보려고

미끄러지고 나자빠지고 숨을 헐떡이며 이를 악물고 올랐다

그렇게 걷다 문득

옛날 읽었던 '남부군'을 떠올렸다.

이념 대립으로 모두 힘들던 시절

이곳 지리산으로 들어왔던 사람들을 생각했다

경각에 달린 목숨을 부지하기 위하여

얼다 못하여 푸르딩딩 부어오른 발가락 사이에

진물이 흘러 가려워 오고

다 헐어 떨어진 신발짝은 새끼줄로 묶고

바람이 숭숭 몸속을 파고드는 다 해진 누더기 한 올 걸치고

장총 한 자루를 생명줄로 삼아

이 곬짝 저 등성이를 사냥꾼에 쫓기는 노루처럼 내달렸을

그들, 빨치산을 떠올렸다

부모형제를 두고 몰래 집을 나서는 밤

차마 바로 뵐 수가 없어

고양이 걸음으로 대문 열고 도망치듯 나오던 밤

하염없이 흐르는 눈물은 온 산을 적셨지

무엇이 그리도 절실하여

모진 눈보라 몰아치는 이 골짜기로 내달려

목숨을 건 도박판에 뛰어든단 말인가

무엇이 그리도 절절하여

그 모진 몸뚱이

한 자루의 총과 한 줌의 옥수수에 저당 잡히고

생사의 경계를 넘나들며 비트에서 선잠 들던 밤

밤이면 밤마다 찾아와 사립문 앞을 서성이며

무슨 말인가 하려는 저승사자의 검은 그림자를 보곤

진저리 치던 밤

몇 날 며칠을 그렇게 떨고 또 떨었을까

구부정한 허리에 살점이라곤 없이

허기에 지치고 남의 눈길에 지쳐

이제는 일어설 기력조차 잃었을

어무니, 아부지 생각하며

하얀 밤을 얼마나 지새우며 울었을까

저승사자의 오랏줄에 묶여 끌려가던 밤

낭자한 선혈 위로 까마귀 떼 모여들고

승냥이, 여우, 오소리…

피 냄새 맡고 모여들던 그 밤을 떠올린다

눈 덮인 날은

이 골짝, 저 산허리에서

그대들 울음소리 하얀 바람과 구름으로 떠돌며

다 못쓴 역사책을 들여다보며

그대들 일기장을 넘기고 있겠지

한 많은 아우라지 아낙이여

뗏목에 아름드리 목재를 싣고

떼돈 벌러 한양 천 리 길 떠난 서방님

그 돈 벌고 오면 억수장마에 흉년으로

강냉이죽으로 풀칠하기도 힘든 이 찌든 가난을

훌훌 털고 고대광실 높은 기와집에 이밥 먹을 꿈을 안고

급물살에 떠내려가며

바위에도 부딪치고

절벽 같은 급물살 여울지는 곳에 곤두박질치며

급물살에 뗏목에서 미끄러져 강물로 몸이 떠내려가기도 하며

목숨을 건 한양 뱃길 떠난 서방님이시여

목욕재계하고 몸 단정히 하여

새벽마다 맑은 정화수 떠놓고 지극 정성으로

비나이다, 비나이다

우리 서방님, 제발 제발 무사귀향

비나이다, 비나이다.

천지신명이시여! 조상님이시여!

뱃길 떠나는 날 밤 굳게굳게 언약한다.

"여보, 걱정마오. 내 무사히 한양길 잘 다녀오고, 큰돈 벌어와

당신 호강 크게 시킬 거여"

뗏목 위엔

솥단지며 함지박이며, 대접, 종지 가재도구

간장, 된장, 소금, 김치, 무말랭이 저림…

강냉이 몇 말과 쌀도 몇 되 담은 자루도 싣고

허리끈 질끈 동여매고 떠나는 날

아낙은 차마 마주 볼 수 없어

고개 돌리고 주책없이 흐르는 눈물을 안 보일려고

안간힘을 쓰건만

닦아도 닦아도 떨어지는 눈물 어찌하오리

마음속으로 되뇌이고 되뇌이며

'천지신명이시여, 조상님들이시여, 저 사람을 어여삐 여기셔

무사 뱃길 보살펴 주옵소서'

어미 손에 이끌려 나온 어린 자식들은

지 어미의 눈물에 어리둥절

"어메요, 울지 마이소. 와 그러십니까?"

지 엄마 손잡고 몇 차례 흔들건만

뒤돌아 서서 연신 팔소매로 훔치는 것이 또 그놈의 눈물이라

날이면 날마다 새벽녘이면 어김없이 정화수 떠놓고

장독대 앞에 엎디어

천지신명과 조상님 전에 빌고 또 빌고

서방님 떠난 시간 되면 그 아우라지 강가로 나가

또 그 이별의 장면 떠올리며 눈물짓기를 석달 열흘인데

살았는지 죽었는지, 서방님은 감감 무소식이라

장마에 불은 급물살에 뗏목이 뒤집혀 떠내려가지는 않았는지

한양에 무사히 잘 도착하여 목재들은 잘 팔았는지

굽이굽이 천 리 길 소식 들을 길 없어

답답하고 속이 막히는 이 내 심정

두견이는 아는가, 밤마다 우짖는 소쩍새는 아는가

말 좀 해보거래이, 답답하구나, 답답하구나

지어미와 굳게 맺은 언약은

사나운 물길과 싸우다 지쳐

강변에 뗏목 대고 잠시 쉬니 몰려오는 잠으로

쌀이라고 쬐끔 섞은 강냉이쌀밥 한 줌에 짠지 몇 조각

입에 넣을 때면

마눌님 생각, 아그들 생각 절절혀도 참아야제.

그것도 하루 이틀이지 날이 가고 갈수록 집 일은

점점 까마득해 가고

그렇게 그렇게 물살과 싸우며 조양강 물줄기 벗어나니

동강, 드넓은 강에 이르니, 이제는 살 것 같아

이제 한양 땅을 삼삼하니 머릿속에 그려본다

사람들 넘쳐나고 먹을 것 넘쳐나고

술도가도 넘쳐나고

객주집 아낙의 코맹맹이 소리로 끄는

소맷자락 뿌리치지 못하고

이끌려가 엉덩이살 볼살 도톰하니

예쁜 기생년과 거나하게 취하여

기생년 무릎팍 베고 누워 세월을 낚을 꿈을 꿔 본다

마눌님과 생이별 하고 정선 땅 떠난 지

스무 하루 만에 다달은 한양 땅

목재 값 잘 쳐준다는 객주집에서

기와집 두 채 값은 될 정도로 두둑하니 돈도 잘 받았으니

그 돈으로 아이들 옷가지며 이제껏 먹어보지 못한 것

귀한 약도 좀 사고

이 참에 마눌님 입성도 좀 마련혀 주고

그 좋다는 한양 구경 실컷 좀 하고 며칠 쉬다 가야제

그렇게 눌러 앉은 객주집 문간에는 저마다 잘났다는

기생년들이 문전성시를 이루고

온갖 교태를 부리며 달콤한 말로 유혹한다

내 딱 한 번만 이 년들과 술 좀 마셔보고

그거 한 번으로 뚝 끊고

벌은 돈 잘 챙겨 고향길 갈 기라

다짐하고 또 다짐한다

근데, 한양이 어떤 곳인디

산 사람 코 베가는 곳인디

기생년들 조심하라는 말은 여러 차례 들은 바 있긴 하지만

긴 뱃길 여정에 지친 몸, 술기운 뻗쳐 내리는데

정신인들 온전하겠는가

기생년 유혹과 애교에 빠지고 술기운에 정신줄 놓으니

이곳이 무릉도원이거늘

산골짝 깡촌에서 강냉이죽에 감자 삶은 것도

넉넉히 못 먹으며 주리다

산해진미에, 섬섬옥수 어여쁜 아낙과

무릉도원을 노닐고 있으니

내 팔자에 이런 광영 어딨으며

이런 호강 어딨단 말인가

노세 노세, 젊어서 노세

노세, 노세, 돈 좀 있을 때 놀아보세

내 고향으로 돌아가면 언제 이길 다시 오겠나

노세, 노세, 기회왔을 때, 원 없이 놀아보세

그것도 모른 아우라지 아낙은 하루도 거르지 않고

정화수 떠놓고 천지신명께 소원한다

석달 열흘이 지나도 무소식이라

예전엔 그리 찾지 않던 까마귀만 까악까악

오만가지 불길한 잡생각이 머릿속에 자리잡는다

배고프다고 어린 것들은 보채지만

그 보챔은 귀에 넣지도 못하고

서방님 무사 귀향!

비나이다 비나이다

돈 좀 못 받고 와도 좋으니

제발, 제발 무사귀향!

아리랑, 아리랑, 아라리요

아리랑 고개 고개로 나를 넘겨주소

＊2010년 10월 한강길 걷기 팀과 함께 갔던 정선 아우라지에서

애기똥풀

'개똥이'가 흔해 빠져 아무도 관심 두질 않아

무병장수를 바라던 이름이라면

'애기똥풀' 또한 그러하지 아니한가

가장 귀한 양귀비의 족속이면서도

햇빛 잘 들고 산천 경계 좋은 곳은

귀족들에게 다 내주고

가장 천한 신분임을 자임하며

삼천리 방방골골 쓰레기 더미, 시궁창, 그늘진 곳에

자리잡으니

산삼, 양귀비가 지존으로 받들라고 태어났다면

그댄 가난하고 헐벗은 뭇 백성들의 벗이 된다

밟히고 꺾이며

냉대. 홀대, 천대 다 견디며

서러움 따윈 사치로 여기자

순박한 갓난아기의 해맑은 웃음 잃지 않으니

힘없는 백성들

그댈 보고 용기백배하고

헐벗고 굶주려 의원 문턱도 못 가는

가난한 사람들의 약초로 거듭나니

그댄 풀 중의 풀이요

그댄 약 중의 약이로다

어느 정년 퇴임한 노교수님

천진난만한 세살박이 아기 얼굴에

보얗고 보드라운 살결

은백색 머리칼만 빼면 그는 영락없는 미소년

가평골 어느 골짜기

어머니 자궁의 기운을 모아 안은 대지 위에

담쟁이 칭칭 감싸고 흘러내리는 담벽 안에는

그만의 세계가 펼쳐진다.

그 대지를 감싸 도는 감로천에서

몸과 마음을 씻어내며 마음껏 향유하고 싶은 것

자유!

러셀이 있고

베토벤이 있고

김동진이 살아 숨쉰다

아직도 전설 같은 엘피판이 한가득하다

유신독재 시절

일류대, 좋은 직장 다 때려치우고 간 유학길

독일 땅에서 그는 비로소 새로운 세계를 얻었단다.

종교도, 경제도, 정치도

마나님 안 본 지도 벌써 이 년여 시간이 지났단다

아이도 없다

그는 자유인,

세속을 딛고 있으되, 세속을 뛰어넘어 해탈의 경지에 이른

그는 오직 자유인!

---

*2010년 8월 11일 – 12일, 초록교육연대 운영위원회 가평 엠티를 마치고
배동인 교수님 댁을 방문하고 나서 느낀 소감.

여강길을 걸으며

별 생각없이 친구 전화 받고 불려 나가
여강길을 걸었다.
신륵사를 강 건너에 두고
여주 남한강 따라 걸었다

단무지를 담글 거라며 캐고 있는 무밭도 지나고
김장을 하려고 캐고 간 자리 배춧잎들도 나뒹굴고
찢겨진 비닐하우스 자락도
겨울을 알리는 만추의 강바람에 세차게 흔들린다
논 위에는 알곡이 털려나간 볏단들이 거꾸로 세워지고
한적한 여주의 시골 동네 마당의 감은
빨갛게 익다 못해 이제 거므스레 빛을 잃고 있다.

그런 풍치를 일상의 흔한 여느 시골 광경인양 스쳐보내고
다다른 부라우나루의 '단암' 바위!

그 옛날 세도가 민진원은 이곳에서

정자를 짓고 풍류를 읊었건만

오늘 이곳은 이명박 정권이 강을 가로질러

보를 쌓고 댐을 만든단다

헤아릴 수 없는 세월을 자연의 이치에 따라 잘도 흘러서

민족의 젖줄이 되고 동맥이었던 이 강의 허리를 잘라

젖과 피의 흐름을 이제는 인간이 통제하겠다고 한다.

상상도 할 수 없는 돈을 퍼부어

블도저로 밀고 닦고, 철심을 박고, 시멘트를 발라

보를 쌓는단다

이런 역사의 단절과 수몰이 몰고 올

인간의 오만과 방자함을

바위틈의 솔새와 바위손은 늦가을 바람에

온몸을 흔들며 항거하고

지나가던 살모사도 껍질을 벗어 놓고 시위를 했다

올해따라 단암의 지의와 이끼가 유난히 번성하여

이 통한의 역사를 똑바로 지켜보겠다고 나서고 있다.

물억새와 달뿌리풀로 어우러진 이 고즈넉한 남한강변 길을

나보다 앞서 간 사람, 내 뒤를 이어 계속 계속 걸으며

인간은 자연의 일부임을 깨닫는 길이 되고

자연에 대한 겸손과 남에 대한 배려의 마음을 다지는

학습의 길로 영원히 이어지길 기대하건만

내 뒤에 올 사람들이 있기나 할런지?

그 길을 걸으며 만난

멸종 위기의 단양쑥부쟁이는 처참한 앞날을 예견하듯

무지막지한 인간의 폭력 앞에 체념한 듯

마지막 가는 길 목욕재계하고

단아한 모습으로 최후를 맞으려 하더라

지금 나, 너를 살리지 못하는 무능과 무기력을 통탄하지만

아무리 인간이 재주를 부려도

영겁의 시간 속에 다듬어 빚어진 자연을 주무르려는 자

반드시 사언이 심판하리라는 것을 일기에

절망하지는 않는다.

허황된 꿈을 꾸는 자들

당장 꿈에서 깨어나라

자연과 역사와 미래 앞에

죄인이 되어

회한의 눈물 흘리지 않으려거든

---

* 2010년 11월 여강길 걷기를 다녀와서

* 민진원 : 조선 영조 때의 문신 (1664~1736). 자는 성유. 호는 담암.

우도 바다에서

어떤 색을 써야

최고의 채도를 표현했다 할 수 있을까

인간의 능력으로

그런 색을 빚어 쓸 수나 있을까

에머랄드빛, 코발트빛, 쪽빛, 남빛, 연초록빛…

어떤 빛이라 표현해야

최적의 표현일지

투명하디 투명한 바닷물이

갯바닥의 현무암 바위와 조약돌, 모래, 해초, 조개껍질까지도

수면 위에서 잠시도 쉬지 않고 밀려와서 부서지고

또 밀려가며 빚어내는 색조

까만 바윗돌에 부딪히며 빚어내고

산호모래와 뒤섞여 빚어내는 색상을

화이트 계열의 색상을 다 동원하며

표현할 적당한 색상을 찾건만

찾을 수 없는 나만의 한계일까

해와 바람, 구름이 엮어내는 변화무쌍한 날씨

저 멀리 배경이 되어

무겁게 눌러 앉아 있는 한라산의 위엄과

가까이 드리운 지미봉과 고만고만한 오름들 마저도

어우러져 빚어내는 빛

그 빛을 인간이 만들어 낸

몇 안 되는 색상환에서 골라 표현하려는 시도 자체를

비웃기라도 하듯

마땅한 색을 못 찾아 아연해 있는 인간을

또 조롱하며 바다는, 파도는

시시각각 변하는 해와 구름이 빚어내는 빛 위에

또 일렁이고 잠잠해지다 다시 출렁이며

또 알 수 없는 빛을 연출해 내고 있었다

진달래

온 산천 연분홍 타던 날

나는 님의 마음을 꼬옥 품고 싶다

연분홍 나무잎 비비며 맡던 솔향에

내 몸 다 맡기고 싶다

피를 토해 내는 두견이 울음도

김소월이 뿌린 꽃잎을 밟는 비련의 주인공이

비록 나의 님일지라도

연분홍 날리던 봄날을

차마 눈물 흘리지 않고 맞을 수는 없다

내 사랑의 진한 마음이

넘쳐나는 술잔이 되도록

화사한 봄날

타는 봄날

눈물보다 더 진한 그 무엇으로 맞을 수 있겠는가

님을 향한 붉은 마음으로 토하는 피

연분홍 눈물을 아니 흘릴 수 있겠는가

짠한 마음

그리운 마음

서러운 마음까지도

모두모두 쟁여 넣어

백일 기다림의 두견주로 받아 내려

귀촉도 피울음으로 망제의 한을 달래듯이

김소월은 자신을 버리고 가는 님의 발길에

진달래 꽃길로 보내오지만

나는 진달래 꽃길에 열린

분홍 울음으로

내 님이 오시는 길을 밝히고 싶은 것이다

그리하여

진홍보다 더 진한 단심으로

설운 울음 울며 내 님을 꼬옥 품고 싶은 것이다

철새

올해에도 팔당대교 아래에서 고니들을 만났다
저 고니들을 작년에도 재작년에도 그 장소에서 만났다
쟤들은 그 먼 길
만 리 먼 길을 한 치의 오차도 없이 잘도 찾아온다

나는 그저께 차 몰고 찾아갔던 친구 집을 다시 찾았다
분명 저 골목 같은데, 그리 들었더니 그 길이 아니더라
또 다른 골목길을 더듬는다
그러기를 수차례, 결국은 친구를 전화로 불러내고야 말았다

그러면서 새대가리, 새가슴이라 하며
새들을 조롱했던 기억이 새롭다
부끄럽다
미안하다

플르트 앙상블 세레나데

참새가 먹이 찾아 통통 튀는 걸음으로

호랑나비가 산초꽃에 내려앉는 춤사위로

한여름 백로가 미꾸리 노니는 논골짝에 내려앉듯

촐랑촐랑, 간질간질, 포올짝 폴짝

심장의 박동 소리 빨라졌다 느려졌다

잠시 숨소리 멈추었다 길게 내뿜기를

팔십여 학들이 가야금 선율에

하모니카 선율에 어우러지니

듣는 이 연주하는 이가 따로 없구나

엉키고 뒹굴며

사쁜사쁜, 흔들흔들, 사알짝 미소도 머금고

손뼉 장단도 치며

그렇게 하나가 되니

달도 별도 없는 칠월 장마에

연세대 강당 높이 휘영청 둥근달이 떠오르더구나

(2010.7.4)

---

*연세대에서 2010플루트앙상블 세레나데를 감상하고 나서

중추절 상념

몸이 아프다는 구실로

처음으로 조상님들 앞에 나가지 않기로 했다

가족들 다 물리치고 혼자 있다

어렸을 적 그렇게 기다리던 이날

하얀 쌀밥에 조개같이 접은 송편, 절편, 시루떡

노릇한 기운이 이제 막 깃들기 시작한

연녹의 햇감과 온주 밀감

생선미역국에 토란탕, 양하무침…

쇠고기, 돼지고기 적에, 생선 구운 것

거기에 감주에 청주까지

이런 산해진미를 언제 먹어보겠나

먹고 또 먹어 먹은 것이 목구멍으로 넘어오도록 먹어

배가 아파 뒹굴고 설사로 며칠을 고생고생하더라도

불볕더위를 보내고, 처서, 백로가 지날 때쯤이면

손가락 수 셈하며 기다리고 기다리던 그날

영양실조 직전의 배곯은 아이들이

어찌 이날을 기다리지 않을 수 있겠는가

당숙, 육촌, 팔촌 형제 다 모여 사는 대가족 마을에

자은집부터 큰집으로 집집을 방문히여

조상님들 신위 앞에 나가 서로 밀치며 떼로 절하더라도

조상님들 혼령은 마냥 즐거우시겠지

자손들 배 불리려고 산해진미 음식도 정성만 드시고

그대로 남겨 주시니

오랫만에 푸짐하고 기름진 음식에 자손들은

마냥 즐겁기만 하지

그 어렵던 60년대

이날을 위하여 어머니는 돈 될 만한 것은 모아서

장에 내다 팔며

몇 번의 장날을 넘기고 기다리며

사 준 검정 고무신 한 컬레,

이날 만큼은 큰맘 먹고 새 옷도 한 벌 사 주시니

어찌 이 날을 손꼽고 꼽으며 기다리지 않을 수 있으랴

서울로 유학 간 사촌 형님도 오고……

달 뜨는 초저녁엔

뒷산 고근산으로 올라

동쪽 바다에서 함지박처럼 떠오르는 달을 맞으며

환한 미소 머금고 달님께 소원도 빌어보고

뒷산 오르고 내리는 길

새줄기 묶어 지나는 아이들 넘어뜨리는 개구쟁이들의

짓궂은 장난도 투덜대지만

이날 만큼은 보름달처럼 밉지가 않다

그렇게 보내던 내 유년 시절의 한가위 추억은

다 어딜 가고

먹을 것이 넘쳐나고

입을 것이 넘쳐서

먹고 사는 것에 대한 절박함도

입고 자는 것에 대한 애뜻함도

초사흘 달 만큼도 갖질 못하는 요즘 아이들

기다림도, 넉넉함도, 정겨움도

산업화의 그늘에 파묻혀 잠들어 간다

이날이 돌아오는 것이 부담이요

친족들을 만나고 맛난 것 먹고 좋은 옷 입는 그런 설레임은

농경시대를 살았던 빈한한 부모님이나 선조들의 낭만이지

산업화를 거쳐 정보화로 넘어가는 이 시대를 넘어서

그런 농경 시대의 문화가 존재나 할 수 있을런지

조상신이 어디 있으며 그 분들을 위해야 하는

이유가 무엇인지

모든 것은 과학이 말해 주고

신의 존재는 고상하고 차원 높은 종교가 해줄 텐데

샤마니즘적 조상신 숭배가 무슨 의미가 있겠는가

음식 차리기 힘들고

부모님 계신 고향 방문, 귀성행차도 힘든데

뭐든지 합리와 과학만이 지배하는 세상에

추석이니, 명절이니 번거로운 것들은 다 버리고 해체하지

그래서 편하고 편한 세상

그것이 사람 사는 세상 이치 아닐런가

모든 불편한 것 다 벗어 던져라

인간 해방과 안락의 세상이 우리를 부르며 손짓하고 있다

자유롭게 가을하늘 나는 잠자리처럼 자유의 비행을 하자

그러다 갈가마귀 우는 계절이 돌아오면 잠자리들이 죽어 가듯

자신도 늦가을 이슬이 햇빛을 받아 증발하듯이

죽어 가면 그만인데

그 길을 향하여 이번 추석도 전국 곳곳의 집집에서는

차례상 앞에 놓고, 흥정아닌 흥정을 벌이겠지

전통이 무엇이며, 문화가 무엇이며, 우리의 삶이 무엇인가

아들아, 사랑하는 내 아들아!

차례상 모셔 놓고 다시 한 번 가다듬어 보자구나

2010. 중추절 아침에

한국 최고의 식물원, 울릉도

도동항 둘러싼 수직 절벽, 화산암 틈에서

연미색 향기 머금고 우리의 시선을 유혹하는 너, 울릉장구채

장구채, 네 사촌은

뭍에서는 숲길 가장자리에서

뭇 풀들 틈에 끼어 청초한 볼빛에

지나가는 세심한 길손의 눈길 사로잡더니만

이곳에서 너의 당돌함은 만년 바위도 뚫고 있구나.

동글동글 복숭털로 뒤덮인 너, 해국

반도자락 갯바위 틈에서는

모진 풍파와 싸우는 옹골찬 전사의 모습으로 다가오더니

이곳 울릉도에서 너는

교만함이 넘쳐나는 고위 귀족

송박사가 이끄는 도동항 구석

닻줄과 폐그물 쌓인 틈에

동해 검푸른 바닷물에 씻기어

보드라운 연둣빛 화사함으로

너를 경계하지 않아도 되게 하는 섬나무딸기

행여 우리가 울릉도 햇살에 살이라도 탈까봐

하얀 양산 받쳐들고 손짓하는 너, 섬바디나물

3일간 여정 속에 가는 곳마다 지겹도록 우릴 유혹하더구나

다시 송박사는 말한다

저 비탈에서 이파리 반짝이며 흔드는 조엽수들 중에는

이곳에서 젤로 흔한 것이 후박나무라

모진 시절 그 껍질 벗겨 고으고 고아서 만들어진 것이

울릉도 후박엿이 되었다는 아이러니가

오늘, 울릉도 구석구석을 호박꽃으로 뒤덮을 줄이야

뭍으로 나들이 간 지아비 기다리다

열흘을 못 참고 죽어간 비련의 동백꽃 슬픈 전설

나그네의 마음 아리게 하네

그래서 너, 후박이 섬의 나무가 되고

너, 동백이 섬의 꽃으로 뽑혀

관광 안내원 입에서 네 이름 떠날 줄 모르네

울릉도 유일의 가녀리고 은은한 꽃 섬기린초

튼튼한 꽃자루에 은근한 향을 품은 섬벚나무

길가 화단의 섬백리향 향기 언제나 맡아볼꼬

다시 송박사 뒤를 따라 오르는 깎아지른 비탈길

소도 미끄러져 쟁기질 할 수 없을 것 같은 비탈밭에는

곤드레나물, 참고비, 부지깽이나물, 삼나물 심고

흉년으로 죽어 가는 사람들 연명하게 하여 붙여진 이름

너, 명이나물

이제는 이곳 특산이 되어

육지에서 온 사람들 입맛 흔들어 놓고

그들의 돈지갑 열게 하는 열쇠가 되는구나

반도 땅이 오염되어 사라진지 오래고

그 자리 미국에서 건너온 자리공이 차지했건만

청정한 땅 이곳에서만은 그 당당한 자태 잃지 않고

허공에 검은 머리 꼿꼿이 세우고

'나 살아 있어!' 외치는 너, 섬자리공

꾸지나무, 섬쥐똥나무, 섬괴불나무, 왕호장근, 좀꿩의다리…

멸종되었다고 안타까워하다 복원하였다는 섬시호, 섬현삼

낮게 드리운 운무 틈으로 허여멀겋게 비치는 해는

이미 서산을 넘어가니

첫째 날 울릉도의 식물도 나그네의 밤과 함께 잠들더라

봐도 봐도 새롭고

봐도 봐도 기특한 울릉도가 낳은 특산 식물들

여행사 버스 타고 나리분지를 향하면서, 운전기사는 말한다

옛날 흉년에 이곳 사람들 다 죽어갈 때

이곳의 나리를 캐 머고 연명을 했디히는 나리분지

울릉도 유일의 평평하게 드넓은 땅

뭍에선 흔하지 않은 마가목이, 연노랑의 섬말나리 널려 있다

성인봉 오르는 길에

울릉미역취, 흰개승마 삼나물, 더덕 꽃이 우릴 반기네

숲 그늘을 뒤덮고 있는 큰두루미꽃이

뭍에서 보는 두루미꽃과는 그 느낌이 하도 달라

큰두루미로 불리나?

둥근난티나무, 두메오리, 말오줌나무, 섬황벽나무

모두가 울릉도 특산이라

그 줄기 감싸고 오르는 나무수국, 등수국은

육지서는 듣도 보도 못했건만 이곳은 지천이라

성인봉 자락을 넘어 능선에 오르니

기백 년 된 섬피나무 줄기 삭아서 파인 속엔

대여섯 사람 비도 피할 수 있겠네

성인봉 정상을 바라보며 서 있는 샘터에선

인간의 손길 거부하던 천 년 세월

우산고로쇠, 마가목, 너도밤나무가 대를 잇고 이어 전해 오며

만산만악 만수만초를 거느리고 영원을 노래하고 있더라.

그 아래로 면마, 일색고사리, 왁살고사리, 십자고사리, 관중,

참고비, 도깨비고비…

그들이 천 년 세월을 함께 떠받치고 있는데

섬남성 줄무늬가 숲 햇살 받고 반짝이고

마지막 마루턱 밑에서 가쁜 숨 몰아쉬는

나그네를 비웃는 헐떡이풀,

섬현호색꽃이 봄 숲 그늘을 자주로 수놓는다 하더라

그렇게, 그렇게 성인봉은 위대하더라.

내수전 일출 전망대 오르며

송박사가 꼭 찾고야 말겠다던 섬꼬리풀

조릿대 풀숲에 살짝 얼굴을 내밀며 반기더라

주변엔 연자줏빛 세월을 그리는 섬개회나무

순백의 줄기를 그리는 섬괴불나무도

살포시 웃으며 화답 하더라

아무리 인간이 힘으로 힘으로 밀어붙여도

이곳만은 내 줄 수 없다는 '숲 속의 길'

그 길을 걸으며 만난

금창초, 좀닭의장풀, 섬초롱꽃, 쇠돌피…

그 중에 백미는 섬노루귀라

풀숲에 숨어 넓은 잎으로 남청색 열매 오롯이 품은

너, 섬노루귀

앙증맞음이 극치를 이루는구나

그렇게 그 길을 걸으며, 그렇게 찾으려던

너도밤나무 열매는 기어이 다음을 기약하게 하고

허겁지겁, 차 시간에 쫓긴 걸음, 돌외와 헛개나무가
비웃고 있더라

봉래폭포 오르며
개울 건너편 자락 공작고사리는
어제 보물찾기 한 것을 조롱하듯 널브러져 있고
물 건너온 삼나무는 죽죽방방 큰 숲을 이룬다
바늘꽃, 개선갈퀴, 굴거리나무, 물엉겅퀴, 노랑물봉선
마주했지만
이천 년 고목 향나무를 찾아보지 못한 것이 아쉽구나
그래도 꼭 들르고 싶었던 일백 년 역사의 울릉초등학교
거기에서 우린 보았네, 작지만 야물딱진
섬개야광나무 열매의 풍성함과 울릉국화의 청초함을

길가 주막에서 호박막걸리 한사발로 울릉도 찬가를 부른다
동해의 검푸른 바닷바람, 폭설이 거름되어

이곳 풀과 나무 살찌우고

사십여 특산 식물도 품었는데

줄기도 우람하고 잎도 큼직큼직 튼실튼실

너가 있어 한반도 땅 넓어지고

너가 있어 한반도의 풍광 더욱 유려해지더구나

(2009년 8월 중순)

---

* 송박사 : 본명은 '송홍선'으로 민속식물연구회장으로 현재 공주대에서 강
  사로 재임 중이고 숲해설가 협회 등 다양한 기관에서 주관하는 식물탐사
  활동 때 강사로 활동하고 언론에 식물 관련된 내용의 기고를 많이 하고
  있음.

히데꼬 할아버지와 일본

오척 단구에 다부진 체격

머리칼에는 한겨울 백설이 내려 앉아 있다

이순을 넘어 칠순의 나이임을

거친 피부에 히끗히끗 듬성듬성 돋아난 수염가락들이

밭이랑 같은 주름이 그의 인생 역정을 말하고 있었다

외국에서 손님들이 온다는데도

허름한 작업복이 접대복이다

아이의 모교에서

반딧불이 아비가 되어

먹이도 주고 물도 치고

다슬기도 기르고, 아이들도 기르기를

어언 28년 한평생

거기에 돈이 있는 것도 아니다

거기에 훈장이 얹어진 것도 아니다

숱한 아이들과 교사들이 거쳐갔건만

그건 중요하지 않다

오직 사이까다니 소학교의 여름날

반딧불이가 화안한 불빛 밝히는 꿈을 꾸며

비바람 부는 날

구슬땀 흘리는 여름날 가리지 않는다

그의 일념은 오직 반딧불이

그의 일념이 오늘의 일본을 떠받치고 있더구나

선진 일본은 히데꼬 할아버지의 주름살 속에서

화알짝 피어나고 있더구나

---

*2011년 1월 18일부터 21일까지(3박4일간) 일본 카타큐슈지방으로 환경교
육 탐방을 갔다. 사이까디니 소학교를 방문했는데 그 학교는 40년 가까
이 반딧불이를 키우는 학교로 유명하다. 그 학교를 방문했을 때 그 학교
에서 30년전에 학부모로서 반딧불이 키우기 봉사활동을 시작했는데 70
이 다 된 나이에도 그 일을 계속하면서 우리 일행을 안내해 주었다.

제 2부 우포에서

2011년 우포에서

갈색 억새숲에 봄비가 내린다

소리없이 소곤소곤

왕버드나무 위 까치둥지에도

겨우내 강바람에 시린 솔잎에도

늪 가장자리에서 졸고 있는 쇠오리 머리에도

유난히도 추웠던 저 대지를 촉촉이 적시며

봄을 알린다

이십여 년 동안 사귀어온 환생교 선생님들

그들을 만나 결기 다지던 그날이 눈에 삼삼한데

*이인식 회장은 벌써 명퇴를 해서 이곳 우포에 눌러 앉았고

그때 환생교 창립에 앞장 섰던 고은경은

모스크바 원불교당에 두 손 가지런히 모으고 있겠지

오늘따라 덕성이 형 머리가 나의 가슴을 아리게 한다

충북 오희진 회장은 민노당 후원금 문제로 정직을 먹고

학교도 쫓겨갔단다

더러운 자식들!

그게 그렇게 중죄란 말인가

민양식, 오광석 후배들 머리카락에도 서리가 앉기 시작했고

새 후배들도 몇몇 보인다

같이 놀던 동료, 선후배들 모두 늙어가긴만

이 겨울 우포에는 어김없이

큰고니, 큰기러기 봄밤을 맞는 소리 정겹다

이십 년이 지나 삼십 년이 지나도

고니와 기러기는 또 찾아들겠지만 오늘의 그들은 아니겠지

그들의 자식, 그들의 손자들이 찾아들어

부모, 조부모가 했던 것과 똑같이

여름내 자란 마름, 줄 뿌리 캐 먹으며

잊혀진 조상들 이야기를 할 때

이인식 회장은 오늘처럼 우포 물가를 거닐며

우리 손 잡아주겠지

덕성이 형은 여전히 대폿잔을 기울이며

독수리 먹이 주던 이야기를 신명나게 해주겠지

그 때 나는

전교조 서울지부 김두림 수석부지부장과

곽노현 교육감 마음을 움직여 지속가능한미래교육을 퍼뜨린

회고담이라도 늘어놓을 수 있다면…

그때쯤 오늘 새로 보는 젊은 교사들과

정대수, 박성현 후배들 얼굴에도 고랑이 패어 있겠지

그들이 후배들 모아 놓고,

우리들에게 선배라고 술도 따르며

오늘 같이 놀았던 추억담을 나눌 수 있다면……

물방울 머금은 갯버들 털비늘이 오늘따라 유난히 곱다

그래!

수진이, 연숙이, 진영이, 두림이, 수종이, 용철이, 주연이, 진

숙이, 명선이, 경호…

김광철, 이인식, 김덕성, 한상훈, 박중록, 김인성, 김병철, 윤

병렬 선배들 거명하며

저

고니, 기러기, 흰뺨검둥오리 소리마냥

대대로 이어지며 그 선배들과 술잔 기울이던 이야기

4대강 반대를 위한 싸움 이야기

우포의 나즈막한 언덕 위 팽나무 아래서

넘어가는 해를 다시 함께 바라보는 꿈을 꿔 본다

4대강 삽질에 몸살을 앓고 있는 어머니

태초에 하늘과 땅을 열어젖힌 한반도 땅 어머니

화강암 바위를 갈아 뽀얀 모래, 이부자리를 만들어

헤아릴 수 없는 자식들을 잉태하고

그 이불로 감싸서

낳고 길러온 세월의 길이를

어리석은 자식들은 상상인들 할 수 있겠습니까?

어머니 등과 가슴, 팔, 다리 뼈들이 뻗어 내려

대간과 정맥을 이루고

그 사이사이에 핏줄기 뿜어 생명의 기운을 불어 넣으니

강과 내가 되었지요

그렇게 생명의 모체로 다가온 어머니!

영겁의 시간을 살며 헤아릴 수 없는 숱한 자식들을

낳고 길러 내신 어머니!

그 혼백을 이어받아

태어나고 죽어간 자식들이 얼마인지는 아무도 모릅니다

다만 그 많은 자식들 중에는 어머니 영혼을 짓밟고 더럽혀

자신의 하잘 것 없는 잇속을 챙기려는 자식들이

많았다는 것은 압니다

그러나 역사는 말합니다

어머니의 소중한 육신을 해치려는 불길한 기운이 뻗칠 때는

한목숨 풀잎처럼 내던져

어머니를 지켜낸 자식들 또한 많았다는 것을

그런데 요즘 그 사악한 자식들이 다시 발호하고 있습니다

온몸에 꽃이 피어 상큼한 향기 넘치고

보얀 피부에 화기 넘치는 어머니를 두고

병이 들었다고 요란을 떨고 있습니다.

어머니 피가 혼탁하여 병이 났다고 떠들며

그 병을 고치겠다고 칼을 들이대고 있습니다

그 많은 생명을 잉태하여 출산했던 자궁에도 혹이 있다며

칼을 들이댑니다

온몸에 영양을 공급하는 장도 꼬이고 막혔다며

삽질을 합니다

기나긴 시간의 흐름 속에

한시도 생명을 잉태하고 낳아 기르기를

멈춤이 없었던 어머니

당신을 병자로 몰아 자신들의 잇속을 챙기려는

저 사악한 자식 녀석들을

어머니는 여전한 자비심으로 계속 품고 계시렵니까?

그들이 뒤돌아서서 흘리는 그 음흉하고 느끼한

웃음의 간계를 보셨는지요

백주 대낮에 어머니의 광명을 잠시라도 가리고

총기를 흩트리고 있는 검은 구름의 무리를 걷어내야 합니다

사악한 자식 무리들 간언은 차단하고 징치해야 합니다

겉보기 비록 연약해 보이는 자식들이지만

어머니의 올바른 정기를 받고 태어나서

진정으로 어머니 건강을 염려하는 자식들이

도처에서 울고 있습니다.

진정으로 어머니 건강을 걱정하며 무사하시길 기원하는

자식 무리들 아우성을 들어야 합니다

어느 자식들이 어머니 건강을 진정으로 염원하는지

바르게 살피셔야 합니다

앞으로도 수많은 생명들을 잉태하고 길러내실

거룩한 어머니시여!

2011년 새해에는

대한민국이 민주공화국이라는 것을

제대로 확인했으면 좋겠어요

권력은 국민으로부터 나오고

대통령은 국민의 공복이라는 것을 확인했으면 좋겠어요

대통령은 주인이 원하지 않는 일은 하지 않았으면 좋겠어요

4대강 사업은 대다수 국민들이 반대하니

하지 않았으면 좋겠어요

4대강이 파헤쳐지는 현장을 가보세요

하늘과 땅이 열리던 날부터 잘도 흐르던 그 강이 어느날 갑자기

포크레인으로 다 파여 생명이라고는 없는

황무지로, 호수로 바뀌고 있어요

정말 이래야만 하는지 국민투표라도 했으면 좋겠어요

대통령은 취임선서에서 밝혔던 약속처럼

조국의 평화적 통일을 위해 노력했으면 좋겠어요

비핵개방 3000정책을 기조로 하는 대북 정책은

남북 관계의 경색과 갈등과 대결만 불러오고 있어요

남과 북 동포들은

어떤 상황에서도 전쟁은 막았으면 좋겠어요

전쟁은 곧 민족의 파멸이어요

다시 대화의 끈을 찾았으면 좋겠어요

그래서 함께 사는 길로 나갔으면 좋겠어요

일할 수 있는 젊은이들에게 일자리를

만들어 주었으면 좋겠어요

4대강에 쏟아 붓는 국가 예산으로

신재생에너지 산업을 일으키고

미래를 위하고 식량문제를 대비하여 농업을 다시 살려

일자리 창출을 위한 투자를 했으면 좋겠어요

그리고 차분하게 일자리 나누기를 통해 풀었으면 좋겠어요

절대빈곤층이 없도록 차분하게 복지정책도

추진했으면 좋겠어요

초등학교 아이들에게는 친환경무상급식을

해주었으면 좋겠어요

어른들의 정치 논리로 풀지 말고

우리의 꿈과 희망인 2세들에게 밥 한 끼 먹이는데

인색하지 않았으면 좋겠어요

노인과 장애인 다문화 가정…

사회적 약자들의 우선 구제를 위하여

사회 복지 예산을 늘렸으면 좋겠어요

2011년 예산안에서 빼 버린 것들을 복구하고

더욱 늘렸으면 좋겠어요

기후변화, 핵문제, 화석연료의 고갈과 석유값 급등

식량문제와 식량값 급등

남북문제, 4대강 개발, 청년실업, 사회 양극화……

우리의 미래가 지속가능한지 참으로 걱정이여요

이런 문제들의 해법을 찾기 위하여

'지속가능한 미래를 여는 교육'을 했으면 좋겠어요

학생 인권(자유)과 친환경무상급식(복지)이 실현되고

생태와 평화(생명), 노동의 소중함(평등)

창의와 발전(창발)의 토대 위에

더불어 함께 살아가는(연대)의 가치가 존중되는 교육

인간과 자연, 인간과 인간이 화해, 상생하는 교육을 통해

우리 아이들의 미래를 열었으면 좋겠어요

21세기, 지난 10년이 탐색의 시간이었다면

이제 2011년, 신묘년부터는 실행의 시간이어요

우리와 우리 아이들의 생존과 발전을 위하여

'지속가능한미래교육'으로

교육혁명의 불길을 댕겼으면 좋겠어요

'지속가능한미래교육' 혁명만이 우리의 희망이어요

다 함께 소망하고, 다 함께 힘차게 만들어 나갔으면 좋겠어요

4대강 사업과 말의 무게

말이란 것이 참 가볍다

그러니 누구나 쉽게 들어올린다

들어올리고 보니 그게 그렇게 가벼운 것만은 아니더라

들어올릴 때는 가볍게 들어올렸는데

내려놓으려고 보니 내려놓을 데가 없다

4대강 사업을 두고

여당 어느 고위직 정치인은 말했다

"나중에 잘못됐으면 책임을 지면 되는 거 아닌가?"

책임을 어떻게 지는 건지 나는 알 수가 없다

참 가볍다

이미 죽어간 생명들을 되살려 낼 수라도 있다는 말인가

내가 맡고 있는 자리에서 물러나면 그만이라는 것인가

너무 가볍다

지금 이 시간에도 헤아릴 수 없는 뭇 생명들이
죽어가고 있다
나중 문제가 아니라 현재 진행형이다
이런데도 나중 타령이다

억겁의 시간을 두고 이 산하에 둥지를 틀고
뿌리를 내려 살아가고 있는 생명들 앞에
도저히 인간의 셈법으로는
헤아릴 수 없을 뭇 생명들의 무게가
말의 무게처럼
그렇게도 가벼이 보이는가

한순간 커다란 포크레인 삽에 떠올려
실려 간 준설토 적치장이 그들의 무덤이고
보를 막아 거대한 호수를 만들면
거기에 수장될 생명들은 또 얼마이겠는가?

만약에 죽어가는 생명들이 사람이었어도

그런 말을 할 수 있을까

그러고도 4대강 사업은 오히려 생태계를 살린다고 한다

역설도 이런 역설은 없다

말이란 것이 너무 가벼워서 쉽게 들어올려지니 그런가 보다

말에 무게를 실어야 한다.

말에 제대로 된 책임이라는 무게를 얹어야 한다

사단의 경중에 따라 책임의 무게를 제대로 따져봐야 한다

깃털의 무게에서 목숨을 걸 만큼의 무게까지

제대로 셈을 하여 책임의 무게가 가감 없이 보태진다면

세상의 말들이 그렇게 쉽게 들어올려질까

개나리

시리고 차가움이 채 걷히지도 않은 청명절 한낮

낮게 드리운 시멘트 블록 담장을 타고 앉아

육중한 22층 망루에 올망졸망 모여 농성하는

2011년 대한민국 백성들을 향해

황금 불길 타오른다

후쿠시마 핵발전소 폭발로

백색 공포가 검은 그림자로 짙게 드리운 봄날

성장 논리에 집착하여 숫자 놀음에 빠져 있지만

일할 곳도 없고,

기껏 일이라는 것들도

기초 생계, 내일의 희망도 확인되지 않은 것들

소수의 재벌들만 배 불리고

걷잡을 수 없이 오르는 물가

중소상인들, 봉급쟁이들 가만히 앉아서 감봉 당하는 세상에

귀를 고소하게 달구었던 747은 어디가고 이제 다시 2만불 타령

과외, 사교육, 스펙쌓기, 공부, 공부, 공부……

못하면 돈이라도 더 내라고 몰아세우는 세상

어디 한곳 숨 돌릴 만한 곳이라곤 보이질 않는구나

모든 백성들 다 부자 만들어주겠다는 꼬드김에 넘어가

선택한 시험지의 정답이라는 것이

오답인 줄은 이제야 어렴풋한 것 같은데

아직도 그 믿음의 미련을 완전히 팽개치진 못했지

후쿠시마 다음 날 당장 떨쳐 일어서는

독일 국민들이 선택한 정답을 보면서도

아직도 정답이 아리송하다며 헤매는 대한민국

정답 없이 팍팍 밀려오는 시험지 지진해일 더미에

최고의 지성이라는 카이스트 사람들조차도 추풍낙엽

이 팍팍한 투쟁적 삶의 현장, 시험의 현장

모두를 실패자로 규정하게 만드는

이 시궁창 냄새 진동하는 성 안

황금불꽃 지진해일로 타올라

추위로 막히고, 탁한 공기로 막혀

숨통 조여 오는 이 이른 봄 한낮을

다 태워 날리려는가

태워라, 태워라 더욱 세차게 타올라라

너의 상징이라는 '희망'

그 불길 한번 세차게, 세차게 타올라라

구제역 심판

사람이 사람답게 사는 것이
하늘의 이치이고
소가 소답게 사는 것은
하늘의 이치이고
돼지가 돼지답게 사는 것도
하늘의 이치이다

소는 풀밭에서 풀을 뜯어야 하고
돼지는 우리에서 쌀뜨물 받아먹어야 하거늘

꼼짝달싹 못 하게, 돌아누울 수도 없게
수백 마리를 한 울타리에 가두고
몇몇 인간들 배불리고 살찌우기 위해
풀 대신 고기 섞인 옥수수, 콩을 먹이며
살쪄라 살쪄라 매일매일 주문을 외운다
괘씸하다

아주 괘씸구나

이건 나의 뜻이 아니다

이렇게 나를 거스르고도

너희가 안심하길 바라느냐

이건 나의 뜻이 아니다

흑사병, 콜레라로 다스리듯

너희들이 정신을 차리도록 심판해 주마

내 뜻이 무엇인지 보여 주마

멀쩡한 생명들 살처분하고

그래서 청정국 지위를 유지한다고?

아직도 정신을 못 차렸구나

멀리서 외치는 나의 외침소리가 안 들리는가

이 어리석은 인간들아

날치기 국회를 보며

국회가 또 여당 단독으로

2011년 예산을 날치기 처리했다 한다

맛있는 게 뭐 그리 많아

야당도 끼워주지 않고 혼자 먹겠다고

멋대로 뺏어 달아난단 말인가

4대강 예산 때문이란다.

작년까지 있었던 가난한 아이들 밥 주던 돈 마저도

모두 빼 버렸단다

가난하여 한 끼 밥도 서러운 아이들 가슴에 못질하고

배를 곯게 해야

부자인 것이 우러러 보이고 뿌듯하단 말인가

부자인 내 돈 어디다 함부로 쓴단 말인가

재산 많은 부자들, 그대들 눈치 보며

주먹질도 마다 않고 충성하는

국회의원들 넘쳐나니 부자들은 참 살 만한 세상이오

4대강 때문에

반대하는 야당을 힘으로 몰아내고

백주 대낮에 누구를 위하여 그렇게 패악질을 한단 말인가

도둑질도 명분이 있어야지

예산안과 여러 법률을 제대로 따져 보지도 않은 채

왕 도둑이 치는 땅땅땅 방망이 소리는

사생아 탄생을 알리는 저주의 복음이 되었다

그렇게 근본도 없이 태어난 사생아가

제대로 된 사람 노릇이나 할 수 있는

품격이나 갖추었는지

아랍에미레이트에는 군인을 보내고

강 가까이 있는 지역은 마음놓고 개발할 수도 있도록 한단다

과거 정권들은 무능해서 그런 짓 함부로 못했을까

여론이 무서워서 그랬을까?

MB 정권의 막가파식 밀어붙이기에

민주주의는 통곡하고 있다

양식있는 국민들도 울고 있다

4대강 모래밥이 뭐 그리 달콤하길래

가난하여 굶는 아이들

흰 쌀밥 먹는 것이 뭐 그리 못마땅하여

가난한 아이들 밥까지 뺏어

모래밥에 보탤 정도로

모래밥이 그렇게도 맛이 있단 말인가

이해할 수 없는 일본인들

요즘 일본을 보면 참으로 이해할 수 없다

그렇게 안전하다는 핵발전소가 터져

쉼 없이 방사능 물질들이 쏟아져 나오고

바닷물 오염 수치는 가히 천문학적임에도 불구히고

도쿄 수돗물은 어린 아이들이 마시면 안 된다고 하는데

도쿄는 물론 일본 어디에서도

외국에서는 그렇게 흔한 항의 집회 한 번 없다

그들이 집단 최면에 걸려버린 것인가

우리가 그들을 잘 모르는 것인가

내 가족이 방사능에 피폭되어 죽어 넘어가고

바닷물이 오염되어

농작물도 오염되고

우유도 오염되고

생선, 미역 어느 거 하나 마음 놓고 먹을 수도 없는데

방사능에 오염된 공기가

도쿄 하늘을 다 뒤덮도록 방치되었어도

누구하나 책임지는 이 없고

책임 추궁을 했다는 소식도 없다

지진해일과 핵발전소 폭발 사고로

오히려 외국에서 난리를 치는데

그들이 줄을 잘 서고 사재기 하지 않고

질서를 잘 지킨다고 일등 국민이란다

이해할 수 없다.

도무지 이해할 수 없다

2차대전 패망 이후 감정이 메말라 버린 건지

철저하게 신자유주의 노예가 되어 버린 건지

자본주의 논리로 우민화되어 버린 건지

분노하질 않는 건지, 분노할 줄 모르는 건지

이해할 수가 없다

분노라는 인간의 원초적 감정마저도

다 집어삼켜버린 자본주의 실상인진 모르지만

이 정도 상황이면 일본 열도가

누웠다 일어났다를 수십 번은 했어야 하는 거 아닌가

도대체 알 수가 없다. 그 사람들.

그런 와중에도 독도가 자기들 영토라고

버젓이 교과서에 새겨 놓는 일만은

놓치지 않고 하는 걸 보면

또

참으로 소름끼치는 사람들이라는 생각도 든다

물에 빠진 자 구해주었더니

보따리 내놓으라는 듯이

후쿠시마가 터진 와중에도

챙길 거 다 챙기는 일본인들

알다가도 모르겠다

하늘 아래 이 같은 사람들 들어본 적 없다

무섭다

참으로 무서운 사람들이다

승안리 계곡의 아이들

자고 일어나면 이것이 문제다
또 내일은 무엇이 문제라고 시끄러울까
꼬리에 꼬리를 무는 천안함 미스터리

환경단체 활동가들이 이포교 교각 기둥 위에서
'4대강 사업 중단하라' 외치며 농성한지 한 달이 다 된들
4대강 사업은 오히려 강을 살리고 환경을 살린다 우긴다
'4대강 수심 6m의 비밀' MBC 피디수첩이
불방되어 세상이 시끄러워도

배곯지 않고, 신나게 놀 수만 있다면
그들은 그렇게 몸과 마음의 배만 부르면 그만인 걸

탐욕의 게슴츠레한 눈길 질질 흘리며
기만의 강물이 넘쳐 홍수가 될지라도
그들의 순수함이라는 저울추는

한참 왼쪽에 머물러 있는 걸

어른이란 작자들은 자꾸
그들의 저울추를 오른쪽으로 밀고 싶어한다
그것도 아주아주 끝으로 말이다

족대 들고 풀숲을 헤치며
갈겨니 한 마리라도 잡으면 그것으로
그들 마음의 배는 부른데
돌을 굴리고 뜰채로 모래를 긁어모으며
강도래 한 마리라도 잡으면 그것으로
그들 마음의 배는 부른데

이리 뛰고 저리 나자빠지며
머리가 젖고 물도 들이키며
정강이가 깨져 피 흘리고 욱신거릴지라도

그들의 노래와 그들의 몸짓은 순수의 극치인 것을

승안리 계곡 아이들은 오늘도

자기 저울추를 현재 그대로 가만히 놔두길 바랄 뿐이다

시화호 공룡알 소녀

고정리 갯벌에서 망둥어 잡다 지친 소녀는
섬도 아닌 아주 자그마한 섬 그늘로 가
하늘이 열리던 시절 아기 공룡들이 그랬던 것처럼
털썩 주저앉아 맥이 풀린 듯 드러눕는다

이윽고 주변에 널부러진 굴러다니는 참외만한 주먹돌을 들고
이리 굴리고 저리 굴리며
"얘들아, 누구 것이 많이 굴러가나 내기하자."
그것도 질력이 나면 펄밭 구멍을 파 뒤집으며
"누구 게가 더 큰지 내기해 볼래."
그러다 살며시 밀려오는 펄물에 풍덩풍덩
바지며 티셔츠며 다 펄물에 절어
집에 가면 엄마한테 야단맞을 텐데
그래도 아랑곳 없다.
물이 있고, 망둥어, 게, 고둥, 조개가 있는데
이보다 더 좋은 놀잇감이 어디있담?

그저 오늘은 신나고, 즐거운 날이야

동죽 한사발에 피뿔고동 세 개

이 정도면 오늘 수확치고는 참 괜찮지?

그러면 엄마한테 혼나는 것은 면이 될까?

재수 좋아 낙지라도 한 마리 건지는 날에는 최고의 횡재

그러는 사이 바닷물은 밀려오고

이내 쫓겨나 아쉬워하며 내일을 기약한다

그렇지만 우리의 놀이터가 그곳 뿐이겠어?

바닷가 갈대숲과 풀숲을 뒤진다

"와! 알이야! 알!"

그것의 어미가 깝작도요든지 물떼새인지 갈매기인지는

중요하지 않다

오직 입을 즐겁게 해 줄

저녁 반찬거리 확보했다는 이 즐거움만이 넘쳐날 뿐이다

이렇게 갯벌과 바다는 그녀의 놀이터

그녀의 감성과 상상력과 창의성과 모험정신

도전정신을 키워준 최고의 학교

오늘 그 학교 문 닫은 지 오래고

굴러다니던 왕구슬, 돌들은 어디를 가고

그 모형이라고 만들어다

철조망 안에 가둬서 덩그러니 놓아두었다

황량한 벌판에 박물관이라고 지어서

공룡 그림, 사진 걸어 놓고

가이드 아주머니는 있는 친절 없는 친절, 다 동원하여

열심히, 열심히 안내를 해준다

무슨 큰 사단이 났다고 꾸역꾸역 사람들은 잘도 모여든다

그 왕구슬 갖고 같이 놀던 소녀는

잠시 갯벌 흙처럼 그을린 코 찔찔거리던

옛동무들 그리며 되뇌인다

'그때가 좋았어'

배꼽 내밀고 누구 배꼽이 예쁜지 비교해 보며

배시시 웃으며 몰래 뒤로 다가가

펄물 뒤집어 씌우고 도망가던 그 시절

이천십 년 삼월 초엿새날 찾아온 고정리 앞 펄은

바닷물의 윤기 뒤덮인 검푸르스레한 펄 세상은 간 데 없고

봄을 느끼기에 아직도 스산한 바람만 스쳐간다

황갈색 초원을 뒤덮은

새와 갈풀과 억새와 갈대 사이를

바스르르 사각사각 스쳐가며

소녀의 동심을 자극한다.

지금 이 팍팍한 도회의 삶에 쫓기어 잊었던 게잡이 동무들

"준수야, 혁아, 나영아, 순아! 너희들 지금

어디서 무얼 하고 있어? 대답 좀 해 봐'

맑디맑은 내 영혼은 어디에…

일본 동북 지방 지진해일

산더미 같은 물살, 질풍노도에

10층 건물도

대형 트럭도

삼백 년 묵은 나무도

다 무너져 내려

태풍에 고목나무 넘어지는 건 차라리 애교

와장창, 우르르 쾅쾅

와지끈, 쏴아아아아

눈 깜작할 사이

배는 산으로 가고

차는 바다로 가는

이렇게 세상이 뒤집힐 수 있나니

인간이란 존재의 하잘 것 없음은 익히 알고 있지만

쓰나미, 쓰나미, 쓰나미……

바다가 하늘이 되어 덮쳐 밀려오는

물의 심판 앞에

거대한 바윗돌에 부딪쳐 부서지는

대홍수 속에

곤두박질치고 나동그라지는 개미의 운명

살아있는 것들이

살아있음의 마지막 표현

외마디 비명도 남길 만큼의 여유도 없이

밀려드는 로키산맥 같은 물줄기가 할퀴고 간 자리에

삐죽삐죽 솟고, 이리저리 휘인 철근 가락들

흩어져 있는 콘크리트 조각, 조각들

그 사이에 끼이고

무너져 내리다 남은 담벽 틈에 끼여

도무지 형체를 알아볼 수 없는 시신들 위로

축축 늘어져 땅바닥에 늘어붙은 비닐조각

그 조각들 일부만이 가끔 펄럭이는

아비규환 뒤의 고요함만 지배하는 땅

살아있다는 생명들은

비명의 외마디 외침도 남기지 못한 채 가고 없는 세상

마을 자체가, 도시 자체가 다 쓸려가버린 세상

세상 사람들이 다 못해도 그들만은 해내던

세계 최고라는 오만이 무너지던 날

인류는 똑똑히 보았다

인간의 교만을

핵 별곡

자연 속에는 쓰레기가 없지

나무건 풀이건 벌레 한 마리까지도

살다가 죽어 가면

그들을 먹이로 살아가는 생명들이 나타나

그들의 육신을 분해하여

탄소며 수소며 산소로 환원하여

다시 자연 속으로 돌려보내지

태양이 떠 있고

이 순환 시스템이 작동하는 한

지구는 절대로 망할 수 없지

자연 속에선

모래 알갱이 한 알까지도 무수한 생명을 키우며

다 자신의 역할을 하지

인간이 사용하고 난 것들 대부분은

사용하다 두면 많은 시간이 흘러

스스로 썩고, 녹슬고, 부식되며 사그러들어

다 자연으로 돌아가지

풀과 나무, 바위, 돌, 쇠붙이까지도

인간이 재주를 부려

땅 속에 묻혀 있던 것을 캐내어

이리저리 분리하고, 합치고, 주물럭거려

새로 만들어 낸 것들도

시간이 말해 주지

제 아무리 강한 강철도 시간 앞에는 강한 쇠가 아니지

플라스틱이 아무리 견고하여 썩지 않을 것 같아도

시간은 말해 주지

자연에서 쉽게 얻은 것들은

자연으로 쉽게 돌아가는데

인간이 이리 저리 주물럭거려 만든 것들이 문제지

그렇더라도 시간은 이를 해결해 주지

그런데 엄청난 시간이 걸리는 것들이 문제지

그중에 으뜸이 핵폐기물이라

몇 만 년을 가야 그 독성이 다 소멸된다니

단군 할아버지가 나라를 세우기를 열 번을 더 해도

없어지지 않고

여전히 인간의 생명과 자연계를 파괴할 수 있는 물질

그중에 으뜸이

고준위 핵발전 폐기물이라

재사용도, 재활용도 안 되고

스스로 소멸될 때까지

신주 단지 모시듯 지하 깊은 곳에

단단하게 무덤 만들어 잘 모셔야 하는지라

혹여라도 그 시신 썩으며 뿜는 가스

무덤 밖으로 조금이라도 새어 나오는 날에는

엄청난 죽음의 재앙이 기다리고 있으니

바로 그것이 문제로다

어디에 명당자리 찾아

묘를 써서 잘 모실꼬…

사용할 땐 좋았지

값싸고, 구하기 쉽고, 엄청난 화력에 이것 만한 놈 없다고

네가 최고여!

너만 있다면 따뜻한 잠자리 걱정 안 해도 되고

너만 있으면 엄청나게 큰 배도 띄우고 공장도 다 돌리고

까부는 녀석들한테는 폭탄으로 만들어 뻥뻥 겁도 주면서

세상에 거칠 게 없으니

네가 최고여, 네가 최고여!

너를 이용하여 빌어먹고 사는 핵 마피아들

음흉한 미소 뒤로 숨기며

아주 싸고 안전한 에너지라고 잘도 나불대지

돈이 뭔지, 자신들도 그 피해를 피해갈 방법 없을 텐데

그놈의 돈이 뭔지, 목숨과도 바꾸려 하니

태양, 바람, 물…

얘들을 믿었다가는 늘 힘들어

추워서 못 살고, 더워서 못 살아

이거 없을 때, 삼국시대에도 사람들은 살았고

아메리카 인디언들도 잘도 살았다만

이미 우린 핵의 단맛을 잊을 수가 없지

그의 감칠맛 앞엔 한 마리의 순한 나비가 되어 있지

그러니 네가 최고여! 네가 최고여!

그런데 그 녀석이 사냥을 하여 탐스런 먹잇감 물어올 땐

그리 이쁘더만

토사구팽할라 치니

방법이 마땅치 않네

그놈 위험을 언제까지 감수해야 하나

스스로 자연사할 때까지 기다려야 하는데

후손에 후손 까마득한 현손까지

계산도 할 수 없을 만큼 후대에도 책임질 수 없다니

그사이 과학을 발전시켜 어떤 수를 써서

관리를 해보려 하겠지만

현재로선 뚜렷한 길이 안 보인나네, 안 보여

세월아, 네월아, 오고야 가질 말아!

내일이야 오거나 말거나

후대들은 그들이 알아서 할 일이고

지속가능발전은 무슨 귀신 씨나락 까먹는 소리

세상 곳곳에서 해해 연연 길러온 그 맹수들

그 수가 얼마인가

임시 사육사에도 가둬둘 공간조차 없다는데

영구히 가둬 둘 우릴 짓자니

사람들은 너도나도 우리 동네엔 안 된다지

돈 줄게, 사탕 줄게 겨우 꼬드겨 지어 놓는다 하여도

그 돈 받아먹고, 그 사탕 받아먹은 사람들

돈 받아 배부르고 달콤한 사탕의 매혹에 노닐다가

그 자식, 그 손주, 손주의 손주에게

그 맹수 우리 지키는 고약한 짐만 떠넘기고 가니

아이고, 조상들이시여!

우리 후손들이 조상님들의 업보를

어찌 이리도 가혹하게 지우시고 가셨나이까

그 자손들 부모 원망, 조상 원망 소리

골골 골짜기에 들들 들판에 가득하다

아이고, 아이고…

훌륭한 조상들 둔 누구네는 후손들이 살길 열어놓고

후손들도 먹고 살아야 한다며 먹을 걸 남겨 놓고 가셨다는데

우리 조상들은 은덕은커녕 평생 가도 벗지 못할 짐만 지우고

가셨나이까

그렇게 넋두리를 하며 하루하루 고단하게 살아갈 제

세월이 흐르고 또 흘러 몇 백 년 지나니

그 후손들 그 핵묘가 어디인지 잃어버리니

그 묘소 찾아 관리할 엄두도 못 내고 있더라

지진, 태풍, 지진해일, 전쟁 통에 쏟아지는 포탄 세례 받고

핵폐기물 폭파 특공대 공격받으니

핵무덤이 무너진다. 파헤쳐진다

방사능이다. 방사능이다. 방사능이 샌다

그 후손들 죽어 가는 비명소리 사방에 넘쳐나는구나

그렇게 죽다 살아남은 자손들

그 조상들이 만들어 놓았다는 무덤도 못 찾아

관리조차 못하고 있을 때

여기서 뻥, 저기서 뻥

죽어 가는 자 도처에 쌓이니

아이고, 아이고……

그래도 살아남은 후손들은

암이다 암

갑상선, 폐, 혈액……

신체 요기조기에 암 세포들이 창궐하니

건강하게 살아남기 참으로 힘들구나

이렇게 세상사 덧없이 무너져 내리고

지구 위에 살아있다는 것들 온전한 것 없으니

다 죽어 넘어가는구나, 죽어 넘어가

설령 살아있다 하여도

어디서 안전한 물은 구하며

어디서 안전한 먹을거리는 구한단 말인가

눈에 보이지도 않고

냄새를 맡을 수도 없고

만져볼 수도 없고

들을 수도 없이

세상 만물이 방사선 피폭이 안 되어 있는 것이 하나 없으니

백색 귀신, 저승사자가 온 세상을 활보하고 있구나

걸리는 자 다 잡아가니

세상천지 하늘 아래

생명붙이란 것들

살아남을 수가 없네

아이고, 아이고……

이래도 핵발전 할 것인가?

이래도 핵폭탄 만들 것인가?

절대 안전하게 관리할 수 있다?

체르노빌도 스리마일도 다 인간 실수로 일어난 사건이거늘

핵발전소, 핵폭탄 그대로 두고서

절대 안전하니 믿으라?

지진도 해일도 초강력 태풍같은 자연재해에도

끄덕없으니 믿으라?

믿을 걸 믿어야지

인간은 신이 아니다

인간의 능력을 백퍼센트 믿을 수는 없다

만에 하나가 문제인 것이다.

만에 하나가 체르노빌이 되고, 후쿠시마가 된 것이다

앞으로 또 체르노빌, 후쿠시마 다시는 없으란 법 없다

그럼 애당초 그 사나운 맹수를 키울 생각을 말아야지

우리가 전기 소비를 5퍼센트만 줄여도

핵발전소 스무 채를 멈출 수 있다는데

그 근심, 불안 안고 사느니

조금 춥고, 조금 덥고, 조금 불편해도

먹고 살면서

자식 낳고 후대들 기르며 대대손손

영원을 노래하는 것이 이 시대를 살아갈 우리의 소명인 것을

전기요금 조금 오른다고

조금은 살기 힘들 수 있다는 말에 현혹되지 말고

앞으로 그 핵폐기물을 몇 천 년, 몇 만 년

관리하면서 생길 비용을

상상이나 해 보았는가?

이걸 핵발전소 건설 운용 비용에 포함이나 시켜보고

핵발전이 돈이 적게 드는 에너지라고 되뇌어야지

그걸 안 하면서 싼 에너지라고?

결코 동의할 수 없다

아니, 최고로 값비싼 에너지가

바로 핵! 너란 사실을 우린 똑똑히 알고 있다

'나는 예외야, 우리는 예외야' 를 스스로 세뇌하며

저 핵이라는 사나운 맹수를 잘도 키우며

그것도 모자라 앞으로도

여러 마릴 더 도입하여 키운다니

사이코패스가 따로 있나

막가파가 따로 있나

이게 사이코패스고, 막가파지

이 시대를 살아가는 한국 동포들아, 아니 세계 형제들아

독일한테 배우자

2050년에 완전히 재생에너지로

나라의 에너지 시스템을 바꾼다며

그 계획을 착착 진행시키는 것을 말이다

그사이에는 핵발전 좀 하더라도

재생에너지로 자립하는 기술을 얼른 키우자구나

좀 춥고 덥고 힘들어도 참으며

핵발전 안 하고도 살 수 있는 지속가능한 세상을 위해

우리 모두의 생각과 지혜를 모으자구나

짧은 시간 안에 경제 성장과 민주주의를 이루어온

아! 자랑스런 한국 동포들이여!

영원히 이 지구에서 함께 살아갈

아! 소중한 세계 형제들이여!

회룡포에 모이던 날

용이 휘감아도

차마 섬을 이루지 못하고 승천해 버린 땅

그래서 남겨진 가없는 모래 강변

들에는 반짝이는 금모래빛

뒷문 밖에는 갈잎의 노래가 출렁이는 곳

2011년 3월 26일, 그날

살갑고 보드란 속삭임으로

잔잔한 파랑 이루며

솔향 머금은 싱그런 바람도

물오른 생강나무의 함박 구애도

짝지 찾는 쇠박새의 휘파람도

노란 햇살의 온기며

따스한 벽지 마을 사람들 마음까지

모래결 사이사이에

내려 앉던 날

광택날도레, 진강도레, 꼬마하루살이, 우렁의 마음과

인천, 광주, 서울, 고양, 대구, 울진……

팔순 노인, 아장이, 갓난이까지

하루 종일 달리고 또 달려온 사람들 마음과

본 적이 없다며 이름조차도 얻지 못한 생명들까지도

마음을 모으고 또 모으며 외치는 함성

'살려주세요. 살려주세요.'

'우리 집을 허물지 말아주세요.'

'우리의 놀이터를 보전해 주세요'

온몸으로 그린

SOS, SOS, SOS, SOS, SOS……

"이기가 니끼가, 아이다. 우리 모두 끼다"

"이기가 니끼가, 아이다. 우리 모두 끼다"

＊2011년 3월 22일 운하반대교수모임 주관으로 낙동강 지천인 경북 예천의
내성천 중류에 있는 '회룡포'에 전국에서 1500여 명이 모였다. 4대강을
반대한다는 뜻으로 사람들이 둘러 앉아서 'SOS'라는 글자를 만들면서 4
대강 반대 구호를 외치는 활동을 하였다. 그리고 나서 예성천 탐사 활동
겸 물놀이도 하였다.

후쿠시마 핵발전소 폭발을 보며

미끼코! 가네상!

섬광이 번득하더니

외마디 비명과 함께

쇳물보다 더 뜨거운 열풍이 뒤덮이고

검회색 버섯구름이 하늘 높이 솟아오른 히로시마 하늘 아래

십만 사람들이 나동그라졌다

살아남은 자

얼마 안 가

백혈병, 감상선암, 폐암, 아토피 시름시름 앓다가 죽어 가고

그 빛 쏘이고, 그 먼지 섞인 물 마셔

손가락 여섯, 팔 셋

눈알 튀어나오고

머리칼이 없고

코가 없고 귀가 없는 아이들 태어난 나라 일본

그 일본의 후쿠시마에서

이번에는 핵발전소가 터졌다

검회색 연기가 치솟는다

핵연료봉이 녹아내려

방사능이 터져 나온다

사람들은 무서워 감히 가까이 가질 못한다

시시각각 관방장관의 지시가 떨어진다

20km,, 30km, 80km ……

도망쳐야 하는 범위가 자꾸자꾸 넓어진다

사람들은 짐을 싸고 끝도 없는 행렬을 이뤄

남으로 남으로

26년 전 체르노빌의 악몽이 재현되는가

수만의 사람이 죽어 가고

가축과 살아 있는 것들 모두 죽어 간 그 악몽의 현장을

비 오는 하늘이 무섭다

눈 오는 하늘이 무섭다

바깥 나가기도 무섭다

황사비에도 마스크로 우산으로 두툼히 무장해야 하는데

방사능 먼지

그 먼지가 바람 타고, 빗물 타고, 눈덩이 섞여 내려온단다

시금치에도 사과 열매 위에도 내려앉고

풀밭에도 내려앉아

사람도 젖소도 그걸 먹으면

병이다 병, 불치의 병이다. 원자병

지하로 스며들어 지하수를 오염시키니

그 물 떠 마셔도 원자병이다

이 죽음의 공포가 온 천지를 뒤덮고 있다

다행히 편서풍 땜에

그 방사능 먼지들이 한반도로는 날아오고 있지 않단다

그러나 바람이라는 것이 항상 서풍만 부나

얼마 후에 북동풍이라도 세차게 불어오면

그땐 어쩔 것인가

오늘 내가 살아도 산 것이겠는가

나의 자식이 또 그같은 업보를 받고 태어나거나

아예 태어날 수 없는 이 현실 앞에서도

사람들은 아직도 핵발전이란다

대안이 없단다

전기료가 싸단다

한국은 지진에 안전하단다

역사 기록을 보면

한반도에서도 지진으로 몇 백 명이 죽은 기록이 있고

머지않은 과거에 홍성에서도 강진이 발생하였거늘

단층지대가 있다는

고리, 월성, 울진에 세워진 원자력 발전소가 얼마나 안전할까

만에 하나 전쟁이라도 나면

그 어떤 폭격에도 안전할까?

테러라도 당하지 말란 법이 있나

여차하여 한 개라도 터지는 날에는

부산, 울산 사백만 시민들 다 어쩔꼬

북핵만이 문제가 아니다

우리 자신이 핵폭탄을 안고 매일매일 헉헉대고 있잖은가

좀 가난하면 가난한 대로

좀 불편하면 불편한 대로 살 생각을 해야지

조선시대에도 사람들은 살았고

아메리카 인디언들도 살았다

꼭 그렇게 살자는 것도 아니다

조금 불편한 것은 감수하며

돈을 써서 연구에 연구를 거듭하고

태양, 물, 바람, 바이오매스……

최대로 동원하여

총체적으로 에너지를 확보하려는 노력은 비껴둔 채

값싸다는 이유로, 손쉽다는 이유로

핵 환상의 꿈을 못 버리는구나

히로시마, 나가사카, 체르노빌, 후쿠시마가

아직도 타산지석이 될 수 없단 말인가

아, 강정(江汀)!

악근내 맑은 물과

대가내천 큰 물이 만나 어우러진

세별포에서 팔을 쭉 뻗으면 만져질 것 같이

범섬과 백록담을 품고 있는 천하제일의 경승지

제주섬 남쪽 어디에서나 보이는

구럼비해안 빌레들

파도는 밀려와 그 빌레에 부딪치며 물보라를 날린다.

탐라 제일의 용천수는

산앞 사람들 다 먹이고도 남으니

물이 곱고 넘쳐나는 물의 고장

아, 강정!

백중, 처서날이면 산앞 사람들 다 모여

반직이밥에 자리 두어 마리 굽고

감저, 지슬 삶고, 수수대 빨며

멱감고, 물맞던 곳

아, 그곳 강정!

태평양을 가로 질러 사랑이 대장정을 마지고 놀아온 은어들

생의 여정을 마감하며 새끼들의 보금자리 틀던 물 맑은 동네

참게, 붉은발말똥게, 산호초 넘쳐나는

바당물과 단물이 만나서

모아내고, 빚어내고, 찌워낸 동네

아, 그 풍어의 땅 강정!

*악근내, 대가내천 : 강정 마을을 둘러싸 흐르는 민물 하천들(수량이 풍부
하여 남제주 사람들 식수의 80%를 공급함)

*세별포, 구럼비해안 : 강정 앞 포구의 옛 지명

*빌레 : 용암이 흐르면서 이루어 놓은 너럭바위 같이 널다란 평편한 바위
들

*코지 : '섭지코지' 처럼 바다 바위가 길게 바다로 뻗어 나간 지형 명

*반직이밥 : 쌀과 보리가 반쯤씩 뒤섞인 밥(당시에는 쌀이 귀해서 이렇게
먹으면 잘 먹은 밥임)

*감저 : 고구마, 지슬 : 감자, 대사니 : 마늘

*바당물 : '바다'를 제주도에서는 '바당'이라 함

솔라니, 자리, 한치, 멸치가 바글바글

값도 싸고, 싱싱하다. 그러니 넉넉하다

그래서 서귀포 일대 사람들 다 모으는 포구

아, 우리의 개포구 강정!

각박한 탐라 땅, 유일의 논이 있는 동네

하늘이 열리고 제주 섬이 최초로 열리던 날

바로 그날 열리어 만들어진 땅

그 붉은 기운 모두 모은 땅 여물차니

감저, 대산이, 조, 보리

안 되는 게 없는 땅

밀감 무게도 제일이요 맛도 최고인 땅

아, 최고로 기름진 그 땅, 강정!

---

*솔라니 : 옥돔의 제주 말
*자리 : '자리돔'을 일컬음. 난대성의 손바닥보다도 더 작은 붕어 같이 생
긴 바다물고기. 제주에서는 '자리물회' 등으로 많이 먹고, 소금에 절였다
가 구워서 반찬으로 많이 사용함

그래서 선사 이래 사람들이 모여 살았다네

면면히 대를 이어 살아온 땅이라네

그 땅을

그 바다에 울타리를 치고

군함들 모아 전쟁기지를 만든다네

하고 많은 땅 중

왜 하필 강정이란 말인가?

4·3의 아픈 상채기가 아직도 뿌리깊어

영남, 종백이 밭, 틀남밭…

이 마을들 다 없어져 아픈 역사 속으로 묻혀간 동네

아, 슬픈 역사의 고장, 강정!

그곳이 다시 아픈 역사의 한복판으로 기어이 끌려나와

---

*영남, 종백이 밭 틀남밭 : 행정구역상 '서귀포시 강정동'에 속하는 옛마을 이름들. 중산간 지역에 위치한 마을들 4·3때 동네가 다 없어져 지금은 거의 사람이 살지 않은 폐허가 된 마을 이름들

거대한 군함으로, 바닷속은 잠수함이 우글대는 군사기지로
그걸 지킨다고 주변 높낮은 산들은 레이더에 미사일 기지로
온통 살벌한 동네로 바뀌는데
여차하면 중국, 일본의 미사일과 폭격기의 포격 대상 1호로
내몰리는 최전선

그래도 나라를 지키기 위해서 어쩔 수 없다는 세력들
왜 하필 강정인가?
그들의 고향, 그들 동네에 그런 군사기지 세우지
그래서 서귀포 사람들은 여차하면 다 죽어도 좋다는 것인가
4·3의 아픔을 넘고
한국 땅, 최남단 가장 평화로운 섬으로 남으려고, 남으려고
발버둥치는데
기어이, 기어이 이 땅을 침탈하겠단다
그래서 해군 함정도 들어오고
미국 잠수함도 군함도 들어오고…

그 살벌한 땅, 피의 땅으로 뒤바꾸려 하고 있다

아! 조상 대대로 살아온 땅, 강정!

그들의 숨결이 머물고 잠들어 있는 영혼을

돈 몇 푼에 팔아 넘길 수 있단 말인가

이러고 죽어 저승 가서 조상님들께 뭐라고 할 것인가

그리고 뒤이어 살아갈 후대들에게는

뭐라 변명을 늘어놓을 것인가

아! 이건 못할 짓이다.

나를 잡아가라.

나를 끌고가라.

온몸을 쇠사슬로 감고 내 눈에 흙이 들어가지 않는 한

나는 한 치도 물러설 수 없다

강동균 마을회장, 그 사모님,

조상들을 지키고, 후손들에게 부끄럽지 않은

오늘을 살기 위하여

마을을 끝까지 사수하기 위하여 싸우는 강정동 사람들

당신들을 보면 나는 한없이 작아지고

당신들을 내 고향 곁에 두었다는 것이 한없이 자랑스럽소

비록 힘이 딸려 개 끌리듯 끌려갈지언정 투항은 없다

2011년 강정혼을 지키기 위한 당신들의 피눈물은

역사는 영원히 잊지 않을 것입니다

아, 위대한 강정 사람들!

---

*2011년 강정 해군기지 건설 반대를 위하여 처절한 투쟁을 하는 깅정 사
람들을 생각하며

하늘공원 억새꽃

태고의 전설을 아는가

내 출생의 비밀을 아는가

바람에 실려 오는 바닷속 나라 동화도

대양 너머 유구국 사람들 전설도

아득한 땅, 나의 디엔에이를 조합해 낸 땅

가물거리는 뱃노래도 그립고

산허리 휘감아 돌던 바람결도 포곤했었다

그 바람을 함께 맞던

가난한 사람들, 순박한 사람들

그들의 아우성이 이명으로 울렁인다

늘 그랬던 것처럼

야고 한 줌 안고

태생의 비밀을 알고 있는 한 줄기 바람이라도 찾아들면

반가운 마음 온몸에 진저리치다

＊야고 : 억새에 기생하는 식물

힘찬 용트림 틀며 울부짖건만

돌아갈 수 없는 땅

배반의 땅

망향의 설움이 북받쳐

빗물로 씻기고 씻겨

강한 그리움은 대하가 된다

그래서

발아래 깊고 넓게

유장하게 흐르고 있더라

(2011. 10. 15)

---

*초록교육연대 난지도 하늘공원 들꽃 탐사에서

제 3부 내가 그리는 혁신 학교

1학년, 우리 반 꼬맹이

강당에 1학년 아이들이 다 모여 율동하는 시간

이름표 잃어버렸다고 쪼르르 달려와서 내놓으란다

"집에 두고 온 거 아냐?"

"아니어요, 잃어버렸어요."

"이따 교실 가서 줄게."

교실로 오자마자 이름표부터 내놓으란다

"좀 있다가 오면 줄게."

"아니어요."

"지금 주세요."

또 조른다

아무리 바빠도 어쩔 수 없다

서랍 뒤져 꺼내든 이름표에

최대한 정성껏 쓴 이름

'윤00'

선생님 얼굴 그리고 이름 쓰기 시간에

나를 괴물로 그려놓았다

눈은 삐뚤어지고 뻐드렁니에 돼지 코……

늙수그레한 남자 담임한테

그걸 내밀면서

무섭지도 않나?

급식실에서 식판 받아들고

자기 자리 찾아 앉아 식사하기

연습하는데

마구 떠들고 설쳐대며 덤벙댄다

그걸 못 참고 야단을 쳤더니 금세 조용해졌다

아이들과 나는 어떤 관계이길래

아이들이 나한테 야단을 맞아야 하는가

무한히 자유로울 수 있는 어린 영혼들을 불러모아

교육이라는 이름으로

질서라는 이름으로

나의 권위에 도전하는 꼴 볼 수 없고,

내가 편해지려고

체제에 순응하며 길들여지길 강요하는가

나에게 이런 권한은 있는가?

있다면

그 끝은 어디여야 하는가

아직도 찾지 못한 나의 선문답

전교조, 나의 길

이승만, 박정희, 전두환, 노태우로

이어지는 반공, 군사독재 이 나라 역사에서

암, 노조는 빨갱이지

더더구나 교사가 노조를 한다는 건 상상도 할 수 없었지

4·19 학생혁명으로 민주주의가 잠깐 반짝할 때를 제외하곤

역대 군사정권 치하에서

노조는 빨갱이라는 무시무시한 세뇌를 받으며 커온 난데

정보정치가 판을 치던 유신시절

빨갱이가 이 남녘땅에 발붙이고 살 수가 없었지

정적들을 제거할 때도 죄다 빨간 물 들여 제거하던 시절인데

그 빨갱이가 얼마나 무서운 건데

아무리 6월 항쟁 이후 민주화 바람이 불었다기로서니

교사가 감히 노동자 선언을 하나?

교사협의회도 슬슬 눈치 보면서 하던 시절에

감히 초등학교 선생 주제에 노조를 만들어?

겁많은 한 젊은 초등교사의 눈에는 두려운 빛이 역력히 감돈다

그래서 그때까지 나가던 초등교사협의회 마저도

흐지부지할 수밖에

그러나 그런 와중에도 결기 높은 선생들이 있어

그들이 우렁차게 노조깃발을 높이 쳐드니

그들이 있는 학교에선 그 깃발을 보고

발령받은지 3개월 밖에 안 된 햇병아리 교사들도

겁도 없이 그들을 따라 나섰단다

정원식 교육부 장관의 엄포는 하늘을 찌르고

정보기관, 경찰, 교육청 할 것 없이 온갖 힘 가진 기관에서는

연일 공문 내리고 교장, 교감들은 교사들 모아 놓고

연방 터뜨리는 공갈협박에

웬만한 강심장이 아니고서야

어찌 노조 깃발 밑으로 모일 수나 있단 말인가

한 여선생님을 표적삼아

그가 하던 교육 방식에 전부 빨간색을 칠해

연일 색깔 공세로 나팔을 불며

그중에 앞장서서 선동하는 교사들

교협에서 만났던 후배들 눈칫밥에

차마 한겨레신문에 명단 공개 외면할 수 없어

전교조라고 명단 공개를 해놓고 나니

밀려오는 공포

한 치 앞도 보이지 않은 안개 속을 누굴 믿고

무엇을 위해서 나선단 말인가

교장실로 불려가 교장의 확인과 함께

교장의 엄포

파면, 해임, 구속 소리에 가슴은 콩알만 해져

겁많은 시골뜨기 순진둥이 선생이 배겨날 용기가 있겠나

떠오르는 마누라 얼굴이며, 시골 부모님, 처갓집 어른들…

시계 제로의 앞날을 생각하니

부들부들 떨리는 마음을 무슨 배짱으로 붙든단 말인가

아니다. 아니야! 나는 아니야

기세 좋던 교사협의회 시절의 기백은 다 어딜 가고 이내 깨갱

그렇게 해서 떨리는 손으로 써준 그놈의 각서 한 장이

내 맘을 천근만근 누르리라곤 상상도 할 수 없었지

연일 쏟아지는 대문짝만한 신문 제목

연일 쏟아내는 겁주는 텔레비전 방송

온 나라가 난리가 난다

몇 명이 탈퇴했다

몇 명이 구속되었다

누구누구는 파면

누구는 해임

아, 귀를 막고 숨을 죽이며

학교라고 나가긴 하지만

하루하루가 송곳 꽂힌 방을 디디고 서 있는 기분이다

그런 나를 가만히 놔두면 안 되나

끝까지 버티다 학교에서 쫓겨난

교협을 같이 했던 동료들이 학교로 찾아오는데

미쳐버릴 것만 같다

마음 약한 젊은 선생이 이런 요구를 끊어내지 못하고

그래서 다시 비밀 결사의 끈으로 엮이어

조합원이 되고

해직교사들 후원금 모금을 하고

몰래몰래 전교조 신문도 돌리며

그러다 불려나가 당시 현직 선생 중 제일 선배라는 이유로

서울초등지회 부지회장이라는 감투까지 썼네

그 길이 영광의 길이 아니고

예견된 고통의 길이거늘

데모 진압 경찰에 의한 강경대 학생의 죽음

이에 항의하여

노태우정권 퇴진하라는 기자회견장 참석이

시국선언에 대한 입장을 밝히는 동아일보 인터뷰가

시국선언 주동자로 몰려

다시 선언 무효 각서를 쓰라네

방학인데도 장학사가 집으로 찾아오고, 학교로도 찾아오며

남부교육청 초등과장은 선배라고 찾아와 어르며

각서만 한 장 쓰면 승진도 책임져 주겠다며

각서를 요구하네

각서! 각서! 그놈의 각서!

젊은 날 이 각서 노이로제로 위장병을 얻어

속은 쓰려오고

늘 마음은 좌불안석

그렇지만 내가 두 번 죽을 순 없지 않은가

아내와 상의를 하여 굳게 다진 생각이

나는 물러설 수 없다.

두 번 다시 죽을 순 없다

끝까지 버티니 돌아오는 것은 해직의 길

개 끌리듯 교실에서 질질 끌려 나오고

교문 문고리 잡고 씨름하다 주저앉기를 한 달

그렇게도 모질게도 투사의 길로 나섰네

참교육을 한다면서

민주교육을 한다면서

촌지를 안 받고 양심적인 교사가 되겠다면서

그렇게 들어선 전교조 나의 길이

내 한평생 업이 될 줄이야

교장, 그 자리에 가기 위해선

아예 배알도 뱃속도 다 빼놓아야지

선생을 스승이라 생각하면 안 되지

배고픈 선생이긴 싫으니까

학교 다닐 때도 1,2등 했는데, 선생으로서도 1등을 해야지

박정희, 전두환 땐 군인이 최고, 노무현 땐 조용히 입 다물고

약한 전교조 교사는 짓밟고

센 전교조 교사에겐 살랑살랑 알랑알랑

술자리에선 자신만이 교육개혁가인양 떠들다가도

낮에는 학교에서 엄한 선생들 짓누르고

교장님한테 불충하는 선생들에게는

돌격대가 되어 맞댓거리를 하며

다른 선생들과 충성 경쟁에서 이겨야 하지

온갖 감언이설과 교언영색으로 그의 비위를 맞춰야지

돈, 술, 좋은 것, 맛있는 것 다 갖다 바쳐야지

이것저것 짜깁기해서

연구논문도 써 내야지

대학원을 가서 석사도, 박사도 해야지

연구논문도 학위논문도 돈 주고 살 수도 있고

연구논문 쓰고, 학위논문 쓰려면 자습도 시킬 수도 있고

근무평점 점수 잘 받기 위하여 돈보따리 싸들고 교장 찾고

기어이 현재 교무자리를 뺏어 꿰차고

어느 줄이 더 견고한 줄인지 알아보고

힘 있어 보이는 교육관료 누구에게 돈 싸들고 줄을 잘 설까?

아이들, 참교육, 이런 건 입에나 달고 다니는 장신구

오직 학교 권력을 장악하여

선생놈들 굽신거리는 꿈꾸며

오늘, 이 비굴함 쯤은 어쩔 수 없는 통과의례로 여겨야지

암, 그래야만 하지

---

*공정택 교육감 구속과 관련된 교장들 비리를 보며

김경숙 위원장의 눈물

영림중학교 김경숙 학교운영위원장

교육과학기술부 앞 도로변

기자들 앞에서 끝내 눈물을 흘리고 말았다

여성의 심볼과도 같은 머리카락을

한 올도 남기지 않고 잘라내면서

북받쳐 흐르는 눈물을 주체하지 못했다

자리를 함께 했던 다른 학부모들도 울었다

함께 자리를 한 영림중학교 선생님들도 흐느꼈다

나도 콧잔등이 시큰해져오고

눈앞이 아른거림을 참을 수가 없었다

오늘 대한민국 교육이 눈물을 뿌렸다

오늘 대한민국 교육개혁의 한 팔이 꺾여 나갔다

평교사가, 그것도 전교조 출신 교사가

교장으로 선출되었다는 이유로

표적 감사를 받더니 절차상에 하자가 있단다

교육청 감사 결과는 문제가 없단다

다만 교과부 감사는 문제가 있단다

무엇이 맞단 말인가

정치적이다. 너무 정치적이다.

지방에서 내부형 공모를 할 때는 별 문제가 안 되던 것이

서울에서 처음 시행한다고

교총이 반대하고 나서니

전국에서 네 곳만 골라 감사를 하더니

전교조 교사를 교장으로 선임한 곳

두 곳만 제청을 취소하겠단다

전임 정권 때 마련된 내부형 공모제를

축소에 축소를 거듭한 교과부가

그나마 허울좋은 명줄만 남겨 놓더니

전교조 출신 교사 한두 명이

교장임용 제청을 했다고, 이를 저지하기 위해

절차상 하자를 들먹이며 감사라는 칼을 뽑아들었는데

정치적 판단으로 밖에 보이질 않는다

전교조 출신이 교장 되는 것을 막아야 된다는

정치적 판단 말이다

지금까지 지방에선

전교조 출신 교사들도 교장으로 잘만 선임되어

교육 혁신의 깃발을 높이 들고

질곡의 한국 교육을 바로 잡아 나가는 모습을 보며

수많은 학부모들이 아이들을 그 학교에 전학시키려고

갑자기 비싸진 집을 사기도 하고 전월세도 얻으며 몰려간단다

그렇게 검증이 되고 있는데 무엇이 문제인가

전교조 출신들이 공모 교장이 되어서도

평이 좋고 잘 하고 있다는데

지금까지는 크게 문제가 되지도 않던 것을

교과부가 준 지침에 어그러짐 없이

질의도 해 가며 추진했거늘

공모 교장으로 전교조 출신이 선출된 것을 문제삼아

교총과 교과부가 설레발을 떤다.

교과부는 자신의 권한이라며 영림중 운영위에서 뽑은 교장을

임용제청을 할 수 없다고 하며 비토를 놓고 있다

이 정권은 개혁적이라 하는 일마다 발목을 잡으며

개혁을 후퇴시키려 한다

개혁이 두려운 건지

자신들 입맛에 맞게 축소하여 만들어 놓은

지침마저 외면하면서

영림중 학운위에서 선출한 교장을

단지 전교조라는 이유로.

아무리 민주주의가 피와 눈물을 먹고 산다고 하지만

오늘 김경숙 학교운영위원장의 잘려나간 머리칼을 보며

대한민국 교육의 미래가

대한민국 교육의 혁신이

대한민국 교육의 자치가

내동댕이쳐짐을 보며

위원장도 울고, 학부모도 울고, 교사도 울고

모두가 울었다

학생들이 보았다면 어땠을까?

김경숙 위원장의 머리를 자른

이명박 정권과 이주호 교과부 장관은

역사 앞에 개혁 후퇴의 씻지 못할 죄를 지었다

교육을 손아귀에 넣기 위하여

감사라는 자신들만의 칼을 뽑아

김경숙 위원장의 머리를 잘랐다

역사는 똑똑히 보고 기록하고 있다

김위원장님 울지 마세요

이 땅에 대다수 학부모들과 학생들, 교사들은

당신의 잘려나간 머리카락을 보며 눈물 흘리고 있습니다

이제 그들이 나서서 당신의 머리카락을 거둘 것입니다

목숨과도 쉽게 바꿀 수 없는 그 머리카락은

무덤 속이 아니라

디시 생명의 머리칼로 부활하여

이 땅, 이 척박하고 숨막히는 대한민국의

아이들과 학부모들의 휜 허리,

진력나는 쓰잘 데 없는 공부 청산하고

너도 나도 더불어 함께 가는 교육

인권과 자치와 자율과 진정한 학습이 이루어지는

그런 교육 세상을 연결하는 동아줄로 거듭날 것입니다

김경숙 위원장님 울지 마세요

당신은 진정한 용기인이고

이 시대를 밝히는 횃불이십니다

---

*2011년 2월 23일 교과부 앞에서 영림중학교 김경숙 학교운영위원장이 눈물흘리며 기자회견을 하는 모습을 보면서 느낀 것을 적어 보았다. 영림중 운영위에서 교장 공모에 응모한 전교조 출신 교사 세 사람을 교장 후보로 뽑아 제청을 하였는데, 그것이 절차상에 하자가 있다고 하며, 교과부가 임용제청을 거부하겠다고 하여 벌어진 기자회견이다.

내가 그리는 혁신학교

이 나라에 공교육이 도입된 이후 이런 학교를 보았나요?

아이들이 주인이고, 교사가 주인이며, 학부모들이 주체인

그런 학교 말입니다

이 학교에서 교장이나 교감은

이 주인들을 받들어 모시는 도우미일 뿐입니다

이 학교의 큰 심부름꾼일 따름인 것입니다

작은 방에서 소박하고 검소한 생활의 모범을 보여주십니다

직접 교실로 들어가 아이들과 함께

교수, 학습 활동에도 참여합니다

행정실장, 행정실 직원들, 보건선생님, 영양사선생님도 모두

심부름꾼일 뿐입니다

오직 주인들의 행복한 보금자리를 위해

최선의 서비스를 제공하기 위해 노력할 뿐입니다

이 학교는 우리 아이들이 살아갈 20,30년을 내다보며

교육이 이루어집니다

생태, 인권, 평화와 통일, 복지, 문화의 가치가 존중되는

'지속가능한 미래 교육'을 하는 배움터입니다

이 학교에서 중요한 모두 결정은 토론으로 이루어집니다

이 때 교장도 한 표, 교감도 한 표, 나도 한 표

학년, 학급도 자신이 원하는 것을

벽에 붙인 희망지에 표시하면 됩니다

꼭 필요하면 서로 조정하면 됩니다

가르치고 배우는 일 이외의 일들을 최소화하기 위하여

발벗고 나섭니다

가르치고 배우는 일 외의 일들은 팀장들과 교감

교무보조, 행정실 등

교육업무를 지원하기 위한 역할을 맡은 분들이

발벗고 나서는 시스템입니다

오직 교사들은 아이들에게

최선의 교육 서비스를 위한 고민에만 몰두합니다

학교 예산도, 인사문제도, 학사일정도, 상벌의 문제도

교장이 독단하지 않습니다

모든 것이 공개되고, 객관적 원칙에 의하여

공명정대하게 처리됩니다

어느 누구도 아이들과 교사들 위에

군림할 수 없는 학교입니다

아이들은 질 높은 교육을 받을 권리가 있습니다

선생님들은 아이들에게 질 높은 교육을 하기 위하여

헌신과 자발성으로 발을 벗습니다

때론 근무시간을 넘기기도 하고, 때론 사비도 들이며

자신의 어떤 희생도 마다 않습니다

아직도 교과부가 고시한 교육과정이라는 그림자가

시시콜콜 짙게 드리우며

교육의 내용과 방향을 규정할지언정

교사들은 자신의 철학과 양심에 의해

우리 모두가 더불어 함께 사는

아름다운 미래 공동체를 그리며 횃불을 들 것입니다

오직 아이들이 행복하고 질 높은 교육을 위하여

이 학교 교사들은 권위적이지 않습니다

모두 아이들에게 친절하고, 학부모들에게도 친절합니다

아이들에게 밥을 떠 먹여주는 곳이 아니라

아이들 스스로 더불어 함께 밥을 떠먹을 수 있도록 도와주는

배움의 공동체입니다

교사는 배움이 일어나도록 북돋우며 배려하는 도우미이며

안내자의 위치에 있습니다

이 학교에서는 형이 동생을 돕고

형이 동생한테 배우기도 하는 학교입니다

어깨동무하여 함께 배움을 일으키는 학교인 것입니다

이 학교에서 왕따는 없고

오직 존중과 배려와 마음을 열고 나누는

소통만이 있을 뿐입니다

이 학교는 아이들 자치가 활성화되어 있는 학교입니다

아이들 다수의 의견이 학교 경영에 반영되는 학교입니다

아이들 대표를 민주적으로 뽑고

아이들의 의견이 민주적으로 모이고

그렇게 모인 의견은 최대한 존중되는 학교입니다

그를 위하여 교사들과 학부모들은 나서서 도움을 주는

그런 학교입니다

이 학교에는 생태적 감성이 숨쉬는 초록학교입니다

학교 주변의 숲과 자연이 학습의 대상이고

자연을 교실로 가져와 공부하며

친환경 농법에 의한 노작교육이 이루어지는 학교입니다

옥상과 실습지에선 무, 배추와 고추와 가지와 상추, 토마토,

감자, 고구마가 자라고

상자논엔 벼도 자라고 우렁이도 있습니다

생태 연못에는 각종 수생식물들이 자라고,

우리 민물고기와 수서곤충들이 서식하는 곳입니다

가을에 창틀에는 하얀 메밀꽃이 뒤덮고 있는 곳입니다

학교 숲도 잘 조성되어 그 자체로 자연학습장이 되며

교실에선 올챙이도 키우고, 누에도 키우며

귀뚜라미도 자라는 그런 교실입니다

교실 창틀에서도 오이와 토마토도 익어가며

잡초라는 버림받은 식물들도

당당하게 아이들의 친구로 환생하는 교실입니다

태양광 발전의 원리를 공부하며

기후변화 방지에 관심을 갖는 교육이 이루어집니다

더운 여름에는 녹색커튼이 드리우고

더위를 줄이기 위한 노력도 합니다

이 학교 아이들은 초록소비를 합니다

꼭 필요한 물건만 사고, 아나바다 운동을 하며

1회용을 사용하지 않으며 휴지를 아끼기 위하여

손수건을 가지고 다닙니다

한 달에 한 번 되살림장터가 열리는 학교입니다

그리고 자전거로 출퇴근, 통학을 하여

자전거가 사랑받는 학교입니다

이 학교에서는 자신이 하고 싶은 공부를

선택하여 할 수 있는 길도 열려있습니다

비록 정부 고시 교육과정이란 굴레가

족쇄를 채우고 있을지라도

좋아하는 연극도 할 수 있고, 글쓰기도 하며, 악기도 배우고

좋아하는 그림도 그리고

디자인 공부도 하며, 공놀이도 하고, 농사도 짓고

음식도 만들고, 목공예도 할 수 있으며

밖으로 나가 현장에서 공부할 수도 있도록 배려되지만

공부가 짐이 되진 않는 학교입니다

정규 교과 시간에도 도구교과 학습에만 매달리지 않습니다

객관식 평가를 지양하고 생각을 키우는

서술 중심의 평가가 이루어지며, 석차따윈 매기지 않습니다

자신의 능력과 흥미에 맞게 학습하도록

맞춤식 학습과 협동하는 프로젝트 학습을 합니다

필요하다면 동아리 활동도 할 수 있고

방과후 교육도 받을 수 있는

놀면서 공부하고, 아이들의 고운 심성을 키울 수 있도록 돕는

다양한 예체능교육이 숨쉬는

공교육 속의 대안학교인 것입니다

이 학교에선 네 아이, 내 아이를 구분하지 않습니다

우리 모두의 아이들이 있을 뿐입니다.

학교 네비게이션의 목적지는

'아이들과 교사가 행복하고 학부모를 주체로 세우는 배움터'

라 찍혀 있습니다

그 목적지를 향해 지혜를 모아 더불어 함께 가는 학교입니다

그래서 교장선생님도, 선생님들도, 아이들도, 학부모들도

모두 신명이 난

배움의 공동체, 구성원들 모두가 원원하는 그런 학교입니다

노동과 일의 시계

노동하는 시계는 하루 여덟 시간

일하는 시계는 하루 여덟 시간을 넘어

열다섯 시간이 될 수도 있다

노동하는 몸과 마음은 지치고 무겁지만

일하는 몸과 마음은 즐겁고 가볍다

세상 사람들에게

노동을 그만 두게 하고, 일을 하게 하세

그러면

세상은 즐겁고 가벼운 곳

세상은 살 만한 곳 아니겠어?

누에 선생님

누가 있어 누에들 마음을 헤아려줄까

보자기 뒤집어쓰고, 누에가 되어 본다는 상상

누가 있어 감히 생각이 여기까지 미칠 수 있단 말인가

달인은 아무한테나 붙이는 말이 아님을

이제사 절감한다

그는 누에와 교직의 한 생을 살면서

그들의 엄마가 되어

그들의 고통과 한과 희망을 절절히 꿰고 있었지

이제 그는 그들 엄마의 경지를 넘어

삶의 한 조각까지도 놓치지 않는

달인의 경지를 넘어

그 미물에게 혼을 불어 넣어주는

만신의 경지에까지 이르렀구나

그를 통하여 누에가 생명을 얻고

그를 통하여 그 누에들 혼이

아이들에게서 환생을 하니

누에를 넘어 이제 모든 생명의 외경심을

그의 아이들 가슴 속 깊이깊이

오롯이 아로새겨내는구나

＊노은희 선생님이 초록교육연대 카페 '초록교육실천(초등)'에 올린 교육실
천사례와 활동사진을 보고 너무 감동한 나머지 쓴 시.

병아리들의 점심

입 속엔 밥알 몇 개 넣어

오물거리지도 않고

한참을 삭히고 있는지

"얼른 먹어야지 오늘도 꼴찌야."

몰아세우는 선생 얼굴 한번 흘끗 쳐다보곤

몇 번의 입놀림으로 오물오물

물 한 모금 입에 물고

하늘 한 번 쳐다 보는 병아리마냥

물 한 모금 입에 물고 오물오물

참다못해 기어이 그 녀석의 숟가락을 뺏어 들고

밥 한 술 뜨고 그 위에 김치 한 조각 얹어 놓고는

기어이 고 녀석 입 속에 밀어 넣고야 만다

억지로 받아물기는 하지만

여전히 꼭 다문 입술

내리깔고 있는 눈길

얼르고 달래 보며

구슬려도 보고 협박도 해본다

"얼른 먹으면 놀이터에서 10분 동안 놀다 오게 해 줄게."

"이거 얼른 먹지 않으면 내일은 굶긴다."

"한국 사람은 김치를 먹어야지. 너흰 미국 사람 아니잖아."

그래도 아랑곳없다

12년 만에 맡은 1학년

세월도 많이 바뀌었다

끝나기가 무섭게 현관문 앞에서

기다리던 엄마 손만 잡혀 주면 되던 시절은 어딜 가고

이 녀석들 데리고 밥 먹이는 것 갖고 싸움을 다 해야 하다니

팽개치고 내버리고, 먹으면 먹고 말라면 말라고

던져 놓으면 속 편하겠지만

어디 그게 선생이란 작자가 할 노릇인가

그래도 인내심을 갖고 먹여 본다

"내일은 좀 적게 떠 달라고 말씀드려."

"그랬는데도 많이 떠 줘요."

다른 아이들에 비하면 결코 많지를 않고

오히려 적게 받아 왔건만…

차마

"다 먹지 못하고 남긴 것은 갖다 버려."

이 말이 입가에 맴돌다 이내

잠시 급식실을 비운다

봉사오신 할머니는 얼른 아이 식판을 뺏어 들고

잔반통에 버리시겠지

우리 반 제일 작은 아이 준이와 연이

봉하마을에서

봉하마을에는 아직도 전국 여기저기에서 몰려든

참배객들로 붐비고 있다.

한창 묘역 작업으로 차들도 사람들도 분주했다

사 들고 간 꽃 한 송이 노대통령 영정 앞에 올리고

묵념을 했다.

이윽고 노대통령이 마지막 갔을 길을 걸어 올랐다

꽤나 가파른 비탈 계단을 오르며

이리저리 갈라진 부엉이 바위틈을 살폈다

비탈길에는 오늘따라

유난히도 냉이꽃이 희게 피어 있다

50년대 궁하던 시절

소쿠리 들고 엄마따라 냉이를 캐고 있는

노무현 어린이가 보인다

폭포수 밑 바로 그 비탈에서 찔레순 따먹고 있을

배고픈 까까머리 중학생 노무현이 뛰쳐나올 것 같았다

가을이면 도토리 주우러 부엉이 바위, 사자바위를 누비며

혹시 미끄러질까봐 조심조심 걷고 있을

노무현 어린이가 굴참나무 숲에서도 뛰쳐나왔다

이 소년이 키웠을 꿈을 보기 위하여 사자바위에 올랐다.

마을 뒤쪽 너른 들판으로는 낙동강이 유유히 흘러 내려오고

저 멀리 가지산 줄기는

동글동글한 알 같은 봉우리를 낳으며 연이어 내달려와

봉화산에 이르러 그 정기 뚝 멈추어 서는구나.

마을 앞으로 낙동강물이 넘쳐흘러 내린 내가 감싸고

그 안쪽으로는 작은 실개천이

동네를 감싸 흐르는 남향받이 동네

배산임수, 너른 들판 건너

긴 산줄기 앞에 놓여 안산을 이루니

자연의 조화를 이룬 명당 봉하마을

이 동네 산자락에 가난을 업으로 여기며

코딱지만한 삼간집 짓고 살아온 부모님은

온데간데 없구나

가난한 사람들 챙기며, 나라의 자존을 세우고, 남북화해히며

지역을 뛰어넘고 권위주의를 부수고 정의가 승리하는

제대로 된 민주주의 활짝 열어

누구나 열심히 일하고 잘 사는 나라

그 꿈 이루고자 좌고우면했지

때론 바보 소리 들으며 고집스럽게

때론 스스로 화약 짊어지고 불속으로 뛰어들며

보수 정책을 써도 보수 세력에게 당하며

한미 FTA, 이라크 파병으로

사이비라고 진보한테도 욕먹으며

새만금 매립, 천성산 뚫을 때는

반생태, 반환경이라고 비난 받았지

부드러운 듯, 물러서는 듯하면서도

결기를 부릴 때는 역시 그는 정치인

나 다음을 위하여 나 하나쯤 희생을 기쁜 마음으로 감수하며

보수, 진보 양쪽 욕 다 먹으면서도

수트러지면 집어던질 생각을 하며 수행했던 대통령직

퇴임 후 조용히 고향마을에서 밀짚모자 쓰고

자전거 타는 모습 보이며 지내려 했건만

무슨 그리 큰 잘못을 했길래

서울 검찰청으로 불러올려

온갖 매체에 보도되게 하여 욕주고

피붙이란 피붙이는 남김없이 불러들여

조사한답시고 조여 오고

조사 중인 피의사실도 언론에 퍼뜨려 모욕주며

전직 대통령의 명예와 국민의 자존심 한 점도 마구 까발리며

조이고 조여대니 인내심 한계로다, 자존심의 한계로다

살아도 살아있는 것이 아니요

나로 인하여 무고한 인척지기들 그렇게 힘들게 하는데

살아서 계속 욕보이느니

전직 대통령의 영예는 무슨 영예

삶과 죽음은 자연의 한 조각인 것을

구차한 이 한 목숨 던져

내 주변 정리하고, 더 이상 불명예를 차단함이

최상의 방책이라   .

냉이 캐고 찔레순 따 먹던 어린 시절의

그 부엉이 바위를 올려보며

내가 왜 대통령을 해 가지고 이 수모를 당해야 하는가

통한의 가슴 쓸어내리며

칠천만 겨레 잠들어 있는 새벽녘에

아무도 몰래 나 혼자 올라 조용히 가면 그만인 걸

치열한 전쟁통에서도 항복한 적장은

장수로서 예우를 해주거늘

현직도 아니고 권력의 끈 다 내려놓아

무장 해제된 전직 대통령을

그리도 무참히 인격 살해를 하고, 면박을 주어야

현재의 권력이 공고해 지고

검찰권력이 얼마나 무서운지 과시할 수 있는가?

전두환도 노태우도 처벌받았지만 그들의 죄과에 비해

노무현이 그렇게 죽을 만큼 그렇게 추악했던가?

다음 정권 들어서면 현 정권 권력 실세들

또한 어찌 할 것인가?

언제까지 우리는 이렇게 피에 피를 불러

후진적 정치행태를 보여야 하는가

그렇게 큰 잘못을 저질렀으면 차라리

현직에 있을 때 소환해서 조사하지

엠비씨 피디수첩으로 터진 사건을 보면

검찰 자신들의 비리가 하늘을 찌르거늘

누가 누구를 조사하고 기소한단 말인가?

언제까지 이런 유치한 모습을 보이면서

국격을 운위할 것인가?

오늘 나는 주인 떠난 봉하마을 노무현 생가 앞에 서서

대한민국이라는 나라가 진정한 민국인지 되묻고 싶어졌다

대한민국 국민인 것이 진정 자랑스러운 건지

되묻고 싶어졌다

대한민국의 국격은 어디메쯤에 자리하고 있는지

되묻고 싶어졌다

---

* 2010년 4월 23일 봉하마을 부엉이바위와 사자바위를 오르면서

부용동에서 고산을 생각한다

명문가 후예로 총기와 결기까지 갖춰 태어나

학업정진, 심신 수련으로 세상에 나가

위국충정의 바른길 입지하고 출사하건만

조상, 문하 따져 줄세우기 하던 시절

백성들 배부르고, 태평가를 부르는 나라 그리며

님 향한 사무침과 그리움은 위국충절로 결단하고

공맹의 가르침 잘 따지고 떠받들어 바른 나라 만들고자

국론을 주도하며 반대 세력과는 결연히 맞서면서

때론 충정으로, 때론 불충으로 몰리며 유배길 떠나길

십수 차례

스스로 가시밭길을 자처하신 풍운 남아, 고산 선생

조상들 남겨준 유산들과 노비들 부리며

후학을 기르고 학문 연구에만 몰두하여

학자로서 존경받으며 유유자적할 수도 있건만

학자적 양심과 시대의 요구는 그를 허하지 않더라

부끄러운 세상 멀리하려고 부용동에 은거하며

세월을 낚고, 시를 낚고, 노래를 낚으며

이곳을 무릉도원으로 만들어

세상사 모두 접고 자연의 이치대로 살아가는

그런 여유와 낭만이

후대들 풍요롭고 기름지게 하기를 상상이나 했을런가

사람이 배부르고 등 따스우면 그만이 아님을 일깨워 주는

스스로를 고단하고 외롭게 만들며

뒤에 오는 사람들 발자국이 되어 주신

아! 외로운 산, 바다 늙은이, 고산, 해옹 선생이여

부장님

부장을 그만 둔 지 삼 년이 넘어가건만

아직도 내 호칭은 '부장님'이다

'장' 자 좋아하는 후배 교사들

'선생님' 보다

더 존귀하고 정감 넘치는 단어가 없어 보이건만

'부장님'이라 부르는 것이

그 분에 대한 최소한의 존대인가

아무개 선생님보다

아무개 부장님이 아직도 더 좋아 보이는 교사들

21세기 대한민국 교사들의 자화상

부장도 권력이라고

상대의 의중은 아랑곳 없다

넘쳐나는 호칭 인플레여

세일즈맨의 애환

나는 요즘 김두림을 세일하러 다닌다

그를 조직의 일꾼으로 부려먹기 위해서다

똑똑! 노크소리에 웬 잡상인이냐는 표정이다

그 자리에 앉아 있으면서 그동안

얼마나 사람에 치었으면 그럴까

늙수그레한 표정에 키까지 작달막한 게

영 볼품없는 한 인간이 문간에 서 있으니

순간, 저 인간이 누구지?

왜 왔지?

***에서 나왔습니다. **에 근무하는 ***입니다

경계하던 눈빛을 약간 풀면서,

무슨 이야길 하려는지 들어보려는 눈빛을 준다

그 틈을 노칠세라

길어지면 안 돼!

짧은 시간에 그의 마음을 잡아야 돼!

이런 주문이 구형 컴퓨터 돌아가듯 마구마구 계산을 해댄다

"이 명단 어디서 나왔어요?"

"아이, 기분 나빠."

"사생활 침해잖아."

"아, 그게 아니고."

"이거 ***에서 받아온 것입니다"

"됐어요. 기분 나쁘단 말예요."

얼굴을 휙 돌리고는 동료들과 딴청을 부리며 외면한다

순간 온몸의 피가 거꾸로 돌며 불과해진다

지금까지 살면서

이런 수모를 당한 일이 있던가?

뭐가 어째?

확 내뱉고 싶지만 참아야 한다.

나도 똑같은 인간이 되지 않기 위해서

나는 저런 적 없었나?

아무리 처음 대하는 사람일지라도

인간에 대한 예의가 저러면 안 되는데

아이들한테도 저럴까?

그러면서 체벌 타령은 엄청나게 하겠지?

그럼 무엇으로 아이들을 잡느냐고…

온갖 내뱉고 싶은 말들이 입가를 맴돌다 멎는다

미안합니다

한마디 남기고 머쓱한 표정을 지으며

뒷걸음질 친다

오늘도 한 수 배웠다

분필 장사꾼이 되려면,

이런 수모의 경험을 많이 쌓아야 할 것 같다

아이들을 이해하기 위해서

그들의 마음을 읽어 주기 위해서

그래서 반면교사로 삼아야 할 것이다

스승의 날 유감

이런 날 누가 만들어 가지고
1학년 우리 반 꼬맹이들
서투른 글씨에 종이 카네이션 한두 송이 들고
내 자리로 우르르 몰려온다
누가 이거 만들어가라 그랬니?
"○○이 엄마가요"

어제는 학년부장이 동학년 선생님들 모아 놓고,
"이곳 목동 지역을 예의주시한답니다"

감사반이 뜬단다
물건 든 학부모가 교실로 향하면
곧장 쫓아 올라와 그 물품 뜯어보고
책상 주변을 마구 뒤진단다
책상 주변에 조금이라도 미심쩍은 물건들은 다 치우란다

이날 잊은지 오래건만

또 끄집어낸다

십 년 전 이날 아침조회 시간

반장이 카네이션 두 송이 묶은 거 들고 앞으로

쪼르르 달려나온다

내 얼굴이 금세 일그러진다

이리저리 몸을 돌리건만 기어이 윗도리 주머니에

꽂아 놓는다

그걸 빼어서 책상 위로 내동댕이치던 그날

내가 꽃을 달 만한 자격 있나

내가 꽃을 받을 자격 있나

왜 이런 날은 만들어서 당황스럽게 하나

방송에선 잘도 떠든다

이날의 표정을 스케치한다고

대통령은 옛은사를 청와대로 초청했다나

교육감은 스승의 날 축하한다고 편지도 보내왔다

아! 핀란디아!

영하 30도를 오르내리는 혹한의 땅

호수도 얼고 바다도 얼고 나무까지 얼어버린

눈의 나라, 얼음의 나라에

햇빛 한 줌은 꿈이자 희망

칠흑의 밤

밝을 줄 모르는 그 동토에도

사람들은 살고 있었네

향기나는 사람들이 살고 있었네

조상 대대로 면면히 이어오며

바이킹 무력 앞에 숨죽여 연명하고

로스께 창검 앞에

백만 장정이 흘린 피와

내 남편, 내 동생의 혼이 서려 있는

아! 핀라디아, 핀란디아!

장부들이 넘어지면 여장부가 나서마

스웨덴 물러가라, 로스께 물러가라

아! 핀란디아, 핀란디아!

외세가 할퀴고 간 땅

조상의 숨결, 숨져 간 원혼들아

그대들 위무하마

그대들 정신 계승하마

아! 핀란디아, 핀란디아!

이 강토, 내 부모형제 지키기 위해

함께 스러져간 이 땅에

살아도 함께 살고, 죽어도 함께 죽기로 맹세했네

네 자식 따로 있고,

내 자식만 귀하냐

우리 모두의 자녀인 것을

우리 모두는 피를 나눈 형제

네 아픔이 나의 아픔

너의 슬픔이 나의 슬픔이거늘

우리는 하나

죽어도 같이 죽고, 살아도 같이 사세

가진 자 많이 내놓고

없는 자는 마음 부조라도 하며

흔쾌히 내놓은 세금으로

무상의료, 무상교육, 복지 천국!

우리는 한가족, 우리는 형제

아! 핀란디아, 핀란디아!

많이 벌어 없는 형제 구휼하는 것이

하느님의 뜻이고, 조상들의 전통이니

이보다 행복할까

없다는 것 자체로

비굴해 하거나 구차해 하지 말자

우리는 피를 나눈 형제

이 역사, 이 정신, 이 땅, 이 명예 지키기 위해서라도

네 아이, 내 아이가 따로 없고, 우리 모두의 아이일세

우리 모두의 아이를 품어 안은 학교에는

잘 하는 아이 보다는 못 하는 아이를 중심에 두고

나이 많고 적음 구분도 없이 한 학급, 한 모둠이 되어

선생님은 안내자, 도우미일 뿐

공부는 우리가 하는 것

서로가 서로에게 배움을 주고받으니

옛날 한국 서당 교육 이 땅에서 부활해 있네

혼자 잘 난 아이보단 여럿이 잘 하는 것이 으뜸이요

협력하고 나눌 줄 모르고 혼자 잘 난 사람은 이 사회의 해악

혼자 잘 난 사람 열보다

열이 모인 힘이 백배, 천배 된다는 역사의 진리를

오늘도 확인하니

선생님도, 교장선생님도, 교직원들도, 학부모도 신명이 났네

스스로 목표 세워 스스로 평가하니 줄세우기 따윈 필요 없다

화장을 하건 말건 머리 모양이 어찌 되었긴 무슨 옷을 입었건

그건 자율

학교는 즐거운 곳

사랑을 나누는 둥지

집 짓고, 음식 만들고, 옷 짓는 것은 모든 교육의 기본

그 속에 핀란드의 역사가 있고, 혼이 서려있네

이렇게 공부하고, 이렇게 어울리니

피사 시험, 국가 경제력 으뜸이라

감시하는 이 없어도

댓가나 보상 없어도

알아서 지키는 시민의식

국가 청렴도 세계 최고

하늘 아래 온누리에

이런 나라, 이런 땅이, 이런 파라다이스가 있었단 말인가

아, 위대하다.

세계의 중심으로 우뚝 서 있구나

아, 핀란디아, 핀란디아!

시벨리우스의 혼이 서려 있는

아! 위대한 핀란디아!

---

*2010년 1월 23일부터 2월 1일까지 10일 간의 일정으로 본 모임 공동대
표인 안승문 선생이 중심이 되어 서울, 광주, 인천, 동국대 팀 38명은 스
웨덴, 핀란드, 에스토니아 등 북유럽 교육 탐방을 다녀온 소감.

어느 여교사의 죽음 앞에

뭐가 그리 절박하길래

사랑하는 가족들 친지들 다 뒤로하고

평생 바쳐 일해 온 교실에서

스스로 생을 마감해야 했나

근평이 뭐길래

평가가 뭐길래

그것 때문에 그렇게 목숨까지 내던진단 말인가

일등급을 받지 못하면 당연히

경쟁에서 밀릴 수 밖에 없는 구도에서

차라리 돈이라도 많이 갖다 바치지

아예 돈을 안 준 건가

액수가 작은 건가

무슨 말 못할 사연이 있길래

그렇게 황망하게 가시나

죽은 자는 말이 없구나

그렇게 해서 올라가려는 자리가

하나 밖에 없는 목숨과 바꿀 만큼

그렇게 가치 있는 것인가

교감, 교장 안 하면 되지

하기야 수학여행 비리 사건 보며

학교 비품 구입하면서 보면

업자들 한테 돈 챙기다 들통나 구속되기도 하고

그 자리에서 쫓겨나는 교장들 보면

재수없어 걸리지만 않다면 용돈, 가욋돈

얼마든지 챙길 수 있으니

그 자리가 좋긴 좋은가 보지

선생들 위에 군림하여

이거해라 저거해라 시켜먹을 수 있고

수 틀리면 선생들 하자는 거 결재 안 하면 되고

선생들 모이는 자리에 가면 제일 상석에 앉아

선배도, 후배도 누구도 할 것 없이

굽실굽실, 고분고분

술잔도 제일 먼저 받고

수저도 제일 먼저 들어야

아랫것들은 따라 하니

그 자리 할 만한 거지

추석이다 설이다

철철이 인사하고 선물 보따리 여비 챙겨주는

교사들과 비정규직 직원들까지도 줄을 서니

그 자리 할 만한 거지

저렇게 사람이 목숨을 던질 만큼

평가권 갖고 충성 경쟁 시키니

돈도 생기고

감언이설로 온갖 교태를 부리며 아부하는 선생들 있으니

그 자리 할 만한 거지

몇 학년 할 것인지

어느 반을 맡을 것인지까지도

내 손아귀에 있으니

아무리 잘난 척 하는 선생도

내 앞에서는 꼬리를 내리니

그 자리 할 만한 거지

그런데 그 모든 권력 잡고 휘두르려 해도

그거 별로 인정하지 않으며

법 따지고, 참교육 따지며, 목에 심줄 세우고

덤벼들며 고분고분 하지 않고

손아귀에 안 들어오는 놈 있으니

그놈이 골수 전교조라

그놈만 없다면

학교가 내 왕국이고 지상 낙원이니

그 자리 할 만한 거지

그 선생 그 아까운 목숨 끊지 말고

그 정도 용기가 있다면

전교조라도 해서

양심선언 하고

그 교장, 그 교감과 싸워

그 부당함을 천하에 알려

후생들이라도 이런 질곡의 늪에서 허우적거리지 않게

희생했다면 더 아름다웠을 텐데

참으로 안타깝다

참으로 미련타

그 소중한 목숨까지 던질 땐

할 말이 오죽 많을까만

죽은 자는 말이 없구나

시대의 희생양이 된 그대

안타까운 여교사여

부디 다음 세상에서는

교사들끼리 경쟁도 없고

맘놓고 아이들 가르치는 일만 열심히 하고 있으면

저절로 교감도 되고, 교장도 되는 그런 세상에 거듭나소서

＊2010년 10월 경남의 한 여교사가 근평을 잘 못 받아 교감 승진에 불만을
품고 자신의 교실에서 목을 매어 자살한 사건을 보고 쓴 시.

이주영 선생

제주도 촌놈인 내가

그와 서울문창초등학교에서 만나 선생질하며

같은 학년도 하고

같이 하숙을 하며 보낸 날이 그 얼마이던가

인연도 이런 인연이 있을까

전생에 그와 나는 엄청난 웬수였나 보다

맨날 자정을 전후하여 담 넘어 들어오길 밥먹듯하던 이주영

백범사상연구소로 양서협동조합으로 어린이도서연구회로…

어디를 쏘다니는지 다 알지도 못한다

뭔가를 하고 있지만 묻고 싶지도 않았고

잘 알려주지도 않았다

박정희의 유신독재가 시퍼렇던 날

뭔가 작당을 하는 모양인데

그런 그를 경계 반, 두려움 반으로 대했다

유난히 젊은 교사들이 많았던 문창초등학교에서

의기투합하는 젊은 교사들을 모아

'청년교사모임 한빛' 이란 모임을 만들고

방학 때 각 반에서 어려운 아이들 데리고 캠프를 가려다

교장한테 들켜 혼줄 나고

태권도반 교실에서 젊은 교사들이 모여

송곳 던지기 놀이를 하다가

교장한테 걸려 시말서 쓰고

숙직이 걸린 날에는 난로 위에 돼지고기 구워 술잔 기울이며

정부 비판도 하고

스카우트 단대장인 내가 아이들 데리고

교내 또는 교외로 나가 캠프를 할 때는

어김없이 쫓아와서 텐트도 쳐주고 궂은 일

도맡아 해주기도 했던 그였지

그러는 사이 나도 모르는 사이

한 발, 두 발 그에게 끌려갔지

서슬퍼런 전두환 시절

YMCA초등교사협의회를 한다고

종로에 나갔다가

장학사, 경찰들 좌악 깔려 있는 거 보고 숨죽이던 날

그가 회장이 되어 젊은 교사들 모아

운동가도 부르고

김민기가 작곡했다는 동요도 부르고

교육비판서도 읽던 그날의 모습이 스쳐간다

초등교사협의회 한다고 교육청에 불려다니면서도

각 지역 초등교사 대표들 모아

전국 이곳저곳으로 떠돌며

글쓰기회 이야기도 하고

교사협의회 소식도 나누던 날들

나는 조마조마하며 이주영을 따라 나섰지만

늘 뒷전에서 한 발은 빼고 있었지

항상 이주영은 앞장서서 대표나 짱을 맡았지

1989년 전교조 결성 때문에 전국이 떠들썩하던 해

전교조 죽이기를 하기 위하여 이념공세 퍼붓고

전교조 못하게 하려고

시골에 계신 연로한 부모님들까지 동원하며

협박, 회유, 구속, 파면, 해임 등으로 조여올 때

89년 그 뜨겁던 초여름날 5월 27일 밤

전교조 결성 선봉대가 되어 한양대학교에서

농성에 들어갔다가

경찰한테 양팔이 붙들려 끌려나오던 이주영 선생

TV 뉴스화면마다 크게 장식했던 이주영 선생

그 장면은 지금도 나의 뇌리를 맴돌며 떠날 줄 모른다

그런 그가 오늘 파란만장했던 교직을 접고 학교를 떠난단다

본의 아니게 암이라는 병 때문에

몸을 불사르고

마음을 불사르고

청춘을 불살라 사회 변혁의 불쏘시개가 되고

한국 교육을 바꾸기 위한 장작이 되어 몸과 마음을 던진 것이

오늘 그를 교단에서 내려오게 한단 말인가

애석하다!

야속하다!

아직 한국 교육은 그의 지혜와 열정을 더 요구하고 있는데

(2011.2.28)

참교사 이주영 선생

이주영 선생은

그 엄혹하던 전두환 정권 때

서울YMCA초등교사협의회를 결성하여 회장이 되고

전국초등교사협의회를 앞장서서 조직하여

운영위원장이 되고

민주교육추진 서울교사협의회 공동대표가 되고

전교조 결성을 주도하여 파면되면서

교육민주화를 위한 투사였다

교사를 교육의 당당한 주체로 세우기 위하여

맨 앞에 서는 것을 주저하지 않았다

교사만이 아니라

학부모, 학생들까지 당당한 교육의 주체로 세우기 위한

그의 노력

이런 노력들은 한국교육운동사 바로 그 자체였다

이주영 선생은

공동육아운동을 통하여 제대로 된 부모 되기

제대로 된 아이들 교육 고민하기

배곯고 있는 북녘땅 아이들을 돕기 위하여

남북어뤼이어깨동무 결성에 앞장서고

제 발로 초원봉사회를 찾아가 유승룡 선생을 도와

가난하여 학교를 제대로 못 다니는 아이들을 돕는데

앞장서다가

지금은 아예 유선생님 후임이 되어

초원봉사회를 이끌고 있다

가난하고 어렵고 힘든 아이들을 그냥 지나칠 수 없는

따뜻한 마음, 촉촉한 마음의 소유자

그는 자신이 말하는 정말로 우직한 소다

이주영은 말한다

그런 그를 교감으로, 또는 교장으로 쓰기에는

하늘이 못마땅하여 벌을 내린 거라고

교감이 되어 교실을 떠난 벌이라고 한다

그 말을 듣는 나를 또 찡하게 한다

이제 다시 아이들 곁으로 돌아가려고 한다고 한다

비록 학교 울타리는 벗어나 있을지라도

이주영은 말한다

자신은 참으로 자유로운 영혼으로 교실을 넘나들었다고

그렇게 만난 제자들과 학부모들이 어제 모였다

이주영 선생은 한국 교육의

미래를 가리키는 방향타였다

그가 가는 길을 지금와서 돌이켜 보면

역시 그 길이였다

그는 진정 용기가 있는 교사였다

남들이 "그 일 되겠어?" 하고 회의적일 때

이주영은 확신으로 그런 일들을 되게 만들어 왔다

그가 교육계에 몸담고 있으면서 한 일 모두가 다 그러했다

오늘 우리 교육을 새롭게 재단하고 있는 혁신학교의 바람도

이주영 선생이 이미 80년대부터 해오던 교육이다

이주영은 걸었다

초원봉사회, 어린이도서연구회, 글쓰기회, 공동육아, 남북어

린이어깨동무,

심지어 발도르프 학교 연구를 통한 대안교육까지도

이 땅의 교육 선각자였던

백범선생, 방정환선생을 거쳐

이오덕, 권정생 선생의 뜻을 이어

민족의 전통과 통일을 지향하는 교육

교사, 학생, 학부모가 주인 되는 민주교육

거기에 문화와 창의와 인성이 바탕이 되는 교육

바로 그런 교육의 길, '참교육'

그 길을 끊임없이 물었고, 또 열어 왔다

이제 이주영 선생은

학교 울타리를 벗어나지만 다시 그 길을 가겠다고 한다

어린이문화운동의 깃발을 들겠다고 한다

그는 이 땅, 이 겨레의 교사로서

타오르는 장작이 될 것이다

오래오래 타오르는 초록나무 장작으로 말이다

참교육의 화신, 이주영 선생!

족쇄

원효가 해골의 물을 맛있게 먹었던 밤처럼

세상일이 다 마음먹기에 달렸다는데

어제 마음, 오늘 마음 다른 것이 인지상정인지라

어제까진 되어도 오늘 안 될 수 있는 것은

다 사람이 하는 일이니까

극한 상황에선 또

상상을 할 수 없는 선택도 할 수 있는 것이 인간이거늘

까짓것 그 알량한 원칙

좀 헐면 어떻고

새로 또 세우면 어때서

스스로 족쇄를 채우고 괴로워하나

인간이니까, 사람이니까

이해는 된다

동서고금을 통해 보면 그 원칙이란 것이

참으로 이현령비현령일진데

스스로 족쇄가 되어 괴로워하나

까짓것 열고 허물 수도 있고

새로 세울 수도 있거늘

그래서 혁명도 있고

그래서 혁신도 있고

그래서 녹비에 가로왈자일진데

새로운 금도 만들어 놓고

서로를 괴로워하는 어리석음의 알고리즘은

언제쯤 해체의 빛을 볼런지

곽교육감에게도 비추고 있을 팔월 열나흘 달

합선이라도 되어 전선줄이 타 들어가는가

간밤의 번개 불꽃은

폭죽놀이하듯 이어지고

기관총 소리 같은 천둥소리는

밤잠을 이룰 수 없었다.

내 평생에 그런 천둥, 번개를 본 적이 없다

곽노현 교육감을 가둔 서울구치소를 깨어 부수려는 하늘의

분노인가

질곡의 민주주의를 부수고 진정한 민주주의를 열기 위한

불의 심판이련가

무서운 밤이었다

곽노현, 그 분이 깔려고 했던 민주교육 초석이

갈갈이 찢기는 밤

정의를 살리고,

약자나 강자도 없이

오직 우리 아이들에게 따뜻하고 포근한 마음밥을 먹여

진정으로 이 나라가 사람 사는 나라를 만들고 싶어

온 밤을 지새우기를 일 년여

그 여정에

얼마나 많은 아이들을 만나고

얼마나 많은 선생님들 만났으며

얼마나 많은 사람들을 만나

귀 기울이고, 때론 설득도 하며

가고자 했던 교육혁신의 길이었던가

따뜻한 밥 한 끼 잘 먹이고

아이들을 진정한 한 인격체로 존중하며

교사, 학생, 학부모가 진정으로 주인되는 그런 교육을 위해

점수의 노예가 아닌

아이들의 영혼를 깨우는

따뜻한 마음을 보듬어

사람 사는 세상 만들고 싶은 교육을 하고픈 일념이

인간적인, 너무도 인간적이어서 외면할 수 없어 도운 일을

법이라는 굴레를 씌워

그를 끌어 내리려 하고 있다

그와 뜻을 같이하고 그와 함께 그리던 학교를

부푼 꿈을 안고 그와 함께 밤잠을 설치며

그리던 학교가

계속 될 수나 있을런지

무엇이 그리 못마땅한지

그를 기어이 끌어 내리려 하고 있다

당장 그렇게 그를 끌어 내린다고 그들이 바라는

경쟁과 수월성과 자유주의

소수의 권력자들을 위한 대물림 교육이 영원할까

아니다

그 길은 정의가 아니기 때문에 아니다

진정으로 그들이 살기 위해서는

그들 욕심의 반은 내려놓아야 한다

그 엄혹한 자유당, 공화당 치하에서도 개천에서 용이 나왔다

그 개천 자체를 송두리째 메워버리려는 시도를 해서는 안 된다

물길은 터야 한다

누구나 노력하면 할 수 있다는 희망을 줘야 한다

부의 대물림, 권력의 대물림을 바라는 자들이 들끓는 세상이

역사에서 지속되었다는 이야기는 들어보질 못했다

진정으로 자신들도 살 수 있는 지속가능한 미래를 위한다면

곽노현을 살려야 한다

간밤의 천둥, 번개가

곽노현을 잡아가둔 세력에 대한 경종이었다면

오늘, 팔월 열나흘 달이 휘영청 밝게 뜬 것은

그를 사랑하는 사람들 마음들이

곽교육감이 갇혀 있을 구치소 창밖을 환히 비추며

이 칠흑의 시대를 밝힐 희망의 빛임을 잊지 말라는

응원의 메시지임을

하늘은 말하고 있다

우리 반 정원이

다른 아이들이 가방 다 챙기고
교실문을 나선다고,
알림장을 다 붙이지 못했다고
거의 울음 수준으로 복달을 한다

그림을 그려라 그러면 무얼 그려야 할지
40분 중에 한 20분은 고민만 하는 아이
그러다가
"선생님! 어떻게 그려요?"
이 아이 저 아이 그리는 거 살피던
담임은
"아직도 그러고 앉아있어?"
"이렇게, 이렇게 그려 봐"

고 녀석이 쉬는 시간에
쪼르르 달려와서는

생글생글 눈웃음치며

"선생님, 저희 집에 뭐 있는지 아세요?"

"내가 그걸 어떻게 알아?"

"우리 집에요. 제 인형 아주 예쁜 거 있어요"

그러고는 생글생글……

"음, 그래?"

"야, 정원인 참 좋겠다"

글씨 쓰는 것도 느리고

말 하는 것도 느리다

그런 고 녀석이

요즘 따라 왜 이리 이쁘게 보이는지

모든 것을 물에 밥 말아먹듯 살아온 나에게

그 아이가 내 담임이다

잡초처럼 거칠어서 더 아름다운 시

이기영 • 호서대 교수

태초에 하늘이 열리던 날
한반도를 만드신 어머니
화강암을 갈아 모래이불을 만들고
헤아릴 수 없는 자식들을 잉태하고 낳아
그 이불로 감싸 길러온 세월의 길이를
어리석은 자식들은 상상인들 할 수 있겠습니까?
　　　　　　　－ 4대강 삽질에 몸살을 앓고 있는 어머니－

김광철, 그는 이 시대의 참다운 교사다. 아니 스승이다. 김광철 시에는 그가 시공을 초월해 하늘을 날면서 본 세상의 수많은 상처받은 자연에 대한 무한한 사랑과 연민이 구구절절이 나타나 있다. 그는 매우 꼼꼼해 인공위성이 몇 미터 단위로 세세히 찍은 사진처럼 시를 수놓는다. 맹자 말씀대로 뱁새가 어찌 봉황의 품은 뜻을 상상이나 할 수 있으리요. 소인배들은 그저 먹이에만 관심이 있을 뿐 넓은 세상도 미래도 아는 바 없다. 그는 200여 년 전 탐관오리들에게 가렴주구 당하는 불쌍한 백성들 걱정에 '애절양'이란 시를 쓰며 잠 못 이룬 우리시대의 다산 정약용이다. 굶어 죽어가는 불쌍한 농민들을 위해 무기를 들고 일어선 녹두장군이다. 그는 이 시대의 진정한 초록 혁명가이다.

소는 풀밭에서 풀을 뜯어야 하고
돼지는 우리에서 쌀뜨물 받아먹어야 하거늘
꼼짝달싹 못하게, 돌아누울 수도 없게
수백 마리를 한 울타리에 가두고
몇몇 인간들 배불리고 살찌우기 위해
풀 대신 고기 섞인 옥수수, 콩을 먹이며
살쪄라 살쪄라 매일매일 주문을 외운다

-구제역심판-

　김광철은 탐욕에 물들어 자연의 순리를 거역하고 생태계를
파괴해온 인간이 저질러온 죄를 속속들이 잘 안다. 그는 공부
를 많이 해서 너무 많이 알기 때문에 가슴이 그만큼 더 아픈
자연의 벗이다. 그래서 울화병이 생겨 화도 가끔 내나보다.
게다가 그는 웬만한 농부보다도 농사일을 더 잘하는 시골농
부다. 낫질이 장난이 아니다. 평생 학교에서 아이들 뿐만 아
니라 밭에서 수많은 식물을 가꿔온 그의 얼굴은 햇빛에 그을
고 주름이 깊어 웬만한 농부보다 더 시골 농부처럼 생겼다.
내가 대대로 내려온 한강 텃밭을 가꾼다고 좀 도와 달라 했더
니 일주일도 안 돼 순식간에 노는 땅 천 평을 근사한 농장으
로 만들어 놓았다. 동네 고수 농부들이 그가 일하는 것을 보
고 깜짝 놀라 뭐하는 사람이냐고 물어봤을 정도다. 그는 천심
을 농심으로 알고 살아왔다. 그래서 천심을 거역한 인심에 격
노한다. 그의 시는 아직 거칠다. 농사꾼 손마디처럼 투박하
다. 그러나 그렇게 투박하고 거친 것이 그의 생명력이다. 잡

초처럼 강한 그의 의지를 잘 보여준다. 그렇다. 그의 시는 잡
초처럼 거칠기 때문에 더 아름답다.

> 눈물 지을 힘조차 없이
> 세상과 하직했던 민초들의 무언의 함성
> 오늘, 이 봄에 좁쌀꽃으로 환생하여
> 내 원혼 어루만져 달라는데
> 그를 알아보는 이 없는 야속한 세상을
> 원망한들 무엇하겠는가
> 해마다 피우고 또 피워
> 서술되지 않은 사초로라도 남기면
> 언젠가는 빛볼 날 있지 않겠오
>
> ―꽃다지―

어느 날 다산생가에서 열린 다산사랑모임에 갔는데, 그날
밖에 나가서 밭 바닥에 좁쌀같이 붙은 작은 꽃무리들을 보았
다고 얘기하더니 이 시를 썼나보다. 좁쌀처럼 다닥다닥 땅바
닥에 붙어 꽃을 피운 잡초들을 보니 불쌍한 백성으로 보였나
보다. 그의 가슴엔 항상 가난한 백성 걱정이 떠나지 않는다.
그는 웬만한 식물박사보다 더 많은 나무와 풀들의 이름과 생
태적 특성들을 안다. 누군가 아는 만큼 사랑한다고 했다. 그는
아마 어떤 석학도 못 보는 잡초 꽃의 숨결까지 느끼는가 보다.
민초들이 내뿜는 무언의 함성이 잡초들을 통해 들리나 보다.

밟히고 꺾이며

냉대. 홀대, 천대 다 견디며

서러움 따윈 사치로 여기자

순박한 갓난아기의 해맑은 웃음 잃지 않으니

힘없는 백성들

그댈 보고 용기 백배하고

헐벗고 굶주려 의원 문턱도 못 가는

가난한 사람들의 약초로 거듭나니

그댄 풀 중의 풀이요

그댄 약 중의 약이로다

-애기똥풀-

아마도 김광철은 제주도에서 태어나 700년 전 삼별초와 60여전 4·3 민초들의 뜨거운 불꽃을 가슴에 안고 살아와 그 불씨가 이처럼 시로 살아나는 것 같다. 그가 뿜어내는 이 불씨같은 시가 내 가슴을 헤집어 함께 불태운다. 이처럼 김광철이 토해낸 시들이 곳곳으로 흩어져 새로운 불로 피어난다면 인간들한테 온갖 괴롭힘을 당하는 뭇 생명들한테 힘이 되어줄 것 같다. 그래서 나는 그의 시가 더 많은 사람들 곁으로 다가서고, 마음에 내려앉아 따뜻한 사랑의 불을 지피는 불씨가 되기를 기대한다.

2011년 10월 1일

靑華 이기영